아침저녁으로 읽기 위하여

일러두기

1. 맞춤법과 띄어쓰기는 작품의 특성을 살리는 것이 필요하다고 판단한 경우를 제외하고
   현행 국립국어원 맞춤법 규정에 따랐습니다.
2. 인명을 포함한 고유 명사는 국립국어원의 외래어 표기법에 따랐습니다.
   단, 일부 표기는 옮긴이의 의도와 시적 허용에 따라 그대로 살렸습니다.
3. 온점 및 말줄임표는 옮긴이의 의도를 반영해 그대로 살렸습니다.
4. 단행본과 잡지는 《 》, 신문·시·단편은 〈 〉, 인용은 " ", 강조는 ' '로 통일했습니다.
5. 연보 및 옮긴이 사진은 새로 추가되었습니다.

아침저녁으로 읽기 위하여

브레히트

아라공

마야콥스키

하이네

김남주 번역 시집

푸른숲

개정판을 펴내며

1994년, 그리고 세기말

세계를 지탱하던 한 축인 소련과 동구의 몰락은 세기말의
우울과 불안, 상실의 깊은 상흔을 그에게 가져다주었다. 상실의
틈바구니를 비집고 뿌리를 내린 암세포는 쑥쑥 자라나 그의 몸을
휘감았다. 그야말로 아연실색할 지경의 세기말의 불안과 혼돈.
혁명기의 시인은 전선에서 죽어야 한다던 그는 어처구니없게도
병원의 침상에서 빈사瀕死의 형해形骸로 변해갔다. 그것은 결코
그가 원한 죽음의 형태가 아니었다. 그는 스페인의 가르시아
로르카처럼, 칠레의 아옌데처럼 혁명의 와중에 죽고 싶다고
소망했으나, 그의 육신은 그 소망을 배반하고 침상에 포박됐다.
　저승사자 손아귀에 덜미가 잡혀 신음 같은 숨을 몰아쉬던
그에게 동·서독의 통일은 그나마 한 줄기 빛이었다. 베를린

장벽에 올라가 망치로 벽을 깨부수는 광경을 전 세계인이 흥분하며
바라보았다. 나는 그와 함께 그 장면을 바라봤다. 거기까지였다.
어쩌구저쩌구 할 시간이 그에겐 주어지지 않았다.

　그는 떠났다. 통일 운동의 최전선에 서 계시던 문익환 목사님과
앞서거니 뒤서거니 한 달 상간으로 그 겨울, 하늘 길을 동반했다.
북의 지도자도 그해 무더운 여름 세상을 떠났다. 1997년 11월에는
외환위기마저 터졌다. 숨 쉬는 것조차 버거웠지만 휩쓸리지 않기
위해 다시 몸부림쳐야 했다. 세기말다운 혼돈과 아수라가 쉼
없이 휘몰아왔다. 누구로부터 위안을 받을 수도 줄 수도 없는,
존재한다는 것만으로 위안이던 시대였다.
　"이 어지러운 세상에 잘 가셨지 뭐", "이 더러운 세상에, 희망이
코딱지만큼도 없는 세상에 참 잘 가셨어요", "…… 시인답게 정말
잘 가신 거예요"라고 사람들은 말했다. 정말 잘 간 건가. 똥밭에
굴러도 저승보다는 이승이 낫다던데……. 여전히 똥밭에 구르며
늙어가고 있는 나이고 그들이지만, 삶의 행간을 건너는 것은 그리
만만치 않다.

2016년 촛불, 촛불은 진행 중

그 겨울. 거리의 피바람과 기나긴 감옥 생활로 죽음마저 각오해야
했던 과거의 혁명은 이제 촛불 하나로 현실화됐다. '대한민국은
민주공화국이다!'라는 외침은 마침내 함성이 되어 산마루를 넘고

광장에 이르렀다. 노도怒濤와 같은 함성과 촛불이 이뤄낸 물결은
오랜 폐습, 불의, 억압, 기만, 허상들을 백일하에 드러냈고, 여전히
진행형이다.

브레히트, 바이마르 헌법 제2조

> 국가의 권력은 국민으로부터 나온다
> —그런데 나와서 어디로 가지?
> 그래 도대체 어디로 가는 거지?
> 아무튼 어딘가로 가기는 가겠지?
> 경찰이 건물에서 줄줄이 나온다.
> —그런데 나와서 어디로 가지?
> 그래 도대체 어디로 가는 거지?
> 아무튼 어딘가로 가기는 가겠지!

브레히트, 〈바이마르 헌법 제2조〉 중에서

촛불, 대한민국 헌법 제1조

> ① 대한민국은 민주공화국이다
> ② 대한민국의 주권은 국민에게 있고, 모든 권력은
> 국민으로부터 나온다

하이네와 브레히트는 여전히 혁명 중

그러나 벗이여 나는 지으리라
새로운 노래 더 좋은 노래를
우리들은 여기 지상에서
하늘나라를 세우리라

우리들은 지상에서 행복해질 것이다
더 이상 궁핍 때문에 괴로워하지 않을 것이다
열심히 노동하는 자의 손이 획득한 것을
게으름뱅이의 배가 포식하게 해서는 안 된다

하이네, 〈독일 겨울 이야기 1〉 중에서

부정이 활보하고 있다 버젓이
억압의 천년 계획이 수립되고 있고
폭력은 책임지고 보증하겠다고 한다 어떤 것도 변하지
않는다고
떵떵대는 소리는 지배자의 소리뿐이고
시장에서는 착취가 외쳐댄다 본업은 이제부터라고
그러나 피지배자 대부분은 말하고 있다
우리들의 소원은 이루어지지 않을 것이라고

브레히트, 〈변증법을 찬양한다〉 중에서

촛불은 시이다. 이제 시를 다시 읽는다. 미래를 위해서⋯⋯.

2018년 봄, 강화도에서

박광숙

차례

아라공

마야콥스키

하이네

해설

옮긴이의 말을 대신하여

브레히트

베르톨트 브레히트
Bertolt Brecht

1898. 2. 10. ~
1956. 8. 14.

독일 바이에른 지방에서 태어난 브레히트는
뮌헨에서 의학을 공부했고 1924년까지
군병원에서 복무했다. 이 시기에 첫 희곡
《바알신》을 집필했고, 희곡《한밤중의 북소리》로
클라이스트 문학상을 수상했다.

1920년대 후반부터 마르크스주의를 접하면서
그의 반부르주아적 경향이 짙어갔는데, 독일
연극계에서 그의 작품 상연이 금지될 정도로
문학을 통해 자신의 사상을 피력했다.

연극은 관객으로 하여금 무대 위에 등장하는
인물들의 존재를 믿게 하거나 동화하도록 해서는
안 된다고 주장하며, 연극이 현실이 아님을
상기시키는 여러 장치들을 고안했다.

이런 서사극 이론의 바탕 위에서《서푼짜리
오페라》《마하고니 시의 흥망》《에드워드 2세》
등을 집필했다. 희곡뿐만 아니라 시 분야에서도
많은 양식과 서법을 능숙하게 구사했으며《노래,
시, 합창》《스벤보르거 시집》등을 남겼다.

1955년 모스크바에서 스탈린상을 수상했다.

아침저녁으로 읽기 위하여

내가 사랑하는 사람이
나에게 말했다.
"당신이 필요해요"

그래서
나는 정신을 차리고
길을 걷는다
빗방울까지도 두려워하면서
그것에 맞아 살해되어서는 안 되겠기에.

브레히트

내란 중 자기 누이를 노래했던 킨 이에의 노래

나란히 서서 두 미루나무가 대화를 나누듯이
우리들의 대화도 한결같이 그러했지
그러나 오랜 세월 동안 우리들의 대화는 침묵하고
이제 나는 들을 수 없구나 너의 말도
네가 쓴 글도
너도 마찬가지겠구나 나의 말을 듣지 못함은
나는 너를 팔에 껴안고 머리를
빗어올리면서 가르쳐주고는 했지
전술의 여러 원칙을
남성과 사귀는 기술 책을 읽는 기술
다른 사람의 얼굴을 읽어내는 기술
싸우는 기술 휴식하는 기술 등을 이야기해주었으나
지금 와서 생각하니
말하지 못했던 것이 많이 있구나
밤에 나는 자주 일어난다 그럴 때면
요령 부족했던 충고가 내 목에 메인다.[*]

---

[*] 킨 이에의 누이는 내란의 보고를 쓰기 위해 전선으로 향했다. 오랫동안 누이로부터 소식이 없어 편지를 쓸 수 없게 되자 킨 이에는 이 시를 지었다.

브레히트

킨 이에가 그의 누이에게

우리들은 전투 중에도 짬을 내어 사랑했었지
행군을 할 때는
눈으로 신호를 주고받았고
점령당한 도시마다에는
편지가 놓여 있었지
적을 기다리며 움막 속에 숨어 있으면
너의 가벼운 발걸음 소리가 들리고 너는 나에게
먹을 것과 정보를 가져다주고는 했지
역에서도 우리는 재빠르게 이해했지
맡겨진 임무를 완수하면
거리의 먼지가 아직 묻어 있는 입술로
나는 네게 입맞춤을 해주었지
주위의 모든 것이 변해 있었지만
우리들의 애정은 변하지 않았지.•

• 킨 이에는 시인 자신일 수도 있겠으나 꼭 그렇다고는 말할 수 없겠다.
  아마 실재했던 어떤 동지들의 동지애를 노래한 것인지도 모른다.

도둑과 그 종

헤센 지방에 두 도둑이 살고 있었는데
많은 백성들이 그들로 인해 목숨을 잃었다

한 녀석은 배가 홀쭉한 것이 이리처럼 야위었고
한 녀석은 대주교처럼 뚱뚱하게 살이 쪄 있었다

두 녀석의 몸뚱이가 보여주는 이 차이는
주인과 종이었기 때문인데
주인은 우유에서 크림을 섭취하고
종이 먹는 것은 그 찌꺼기뿐이었다

백성들이 도둑놈을 붙잡아
새끼로 두 녀석을 매달아보았더니
한 녀석은 배가 홀쭉한 이리처럼 비실비실했고
한 녀석은 대주교처럼 뒤뚱뒤뚱했다

백성들은 십자가를 긋고 서서
두 녀석을 유심히 관찰했다
피둥피둥 살찐 놈이 도둑놈이라는 것은 알 수 있겠는데

비쩍 마른 놈이 도둑이라 하기에는 아무래도……?

최후의 희망

아르트나에서 노동자 거주지구가 급습을 당했을 때
우리들 중 네 명이 놈들의 손에 떨어졌다 그 처형을
보여주기 위해 놈들은 우리들 72명을 끌어냈다

그래서 우리는 보게 되었다. 나이는 가장 어리나 키가 큰
청년이
"마지막 희망은"이라고 판에 박은 질문을 받자
퉁명스럽게 그는 말했다 "기지개나 한 번 켜고 싶다"고
포승이 풀리자 기지개를 켠 그는, 쳤다!
전력을 다해 국수주의 지도자의
아래턱을 두 주먹으로 그 후 그는
길고 가늘은 판자 위에서 얼굴을 위로 치켜든 채 묶여
참수당했다.

일리치의 장화에 난 구멍

당신들은 일리치의 입상立像을 만들고 있소
이십 미터나 되는 입상을 노동조합 회관에
잊어버리지 마십시오 그의 장화에 난 구멍을
많은 사람들이 증언하고 있는 구멍 가난의 상징을
그 이유는 다른 데 있지 않소 듣건대 입상은
서쪽•을 손가락으로 가리키고 있을 것이라 하오 그곳의
많은 사람들은
　이 장화에 난 구멍에서 인정하게 될 것이오 일리치를
　자기들의 한 사람으로.

• 서쪽은 아마 서독을 의미하고 있을지도 모른다.

예심 판사 앞에 선 16세의 봉제공 엠마 리이스

16세의 봉제공 엠마 리이스가
체르노비치에서 예심 판사 앞에 섰을 때
그녀는 요구받았다
왜 혁명을 호소하는 삐라를 뿌렸는가
그 이유를 대라고
이에 답하고 나서 그녀는 일어서더니 노래하기 시작했다
인터내셔널[•]을
예심 판사가 손을 내저으며 제지하자
그녀의 소리가 매섭게 외쳤다
기립하시오! 당신도 이것은
인터내셔널이오!

• 인터내셔널은 제2인터내셔널 때부터 부르기 시작한 국제 노동자들의
노래다.

브레히트

뒷면

내전 8년째인 1934년에
장개석의 비행기가 떨어뜨리고 있었다
공산 지역에 삐라를
"모택동의 모가지에는 현상금이 걸려 있다"고
낙인이 찍힌 모毛는
부족한 종이와 넘치는
사상을 걱정한 끝에 한쪽에만 인쇄된
그 삐라들을 모으게 했다 소중하게…… 그리고

그 하얀 뒷면에 유용한 말을 인쇄케 하여
주민들이 돌려가며 보도록 했다.

브레히트

아들의 탄생에 즈음하여
― 소동파에게

자식들이 태어나면 부모들은
그들이 지적이기를 바란다
나는 지성 때문에
생애를 망쳐버렸다
이제 나는 오직 바랄 뿐이다 자식이
무식하고 사고하기를 싫어하며
자라주기를
그렇게 하면 자식은 편안하게 살게 될 것이다
내각의 각료로서.

브레히트

강제 수용소의 전사들에게

소리를 주고받는 것조차 어려운 그대들!
강제 수용소에 매장되어
인간의 모든 언어로부터 차단당하고
학대에 내맡겨지고
두들겨 맞으면서도 그러나
의지만은 꺾이지 않는 그대들!
사라졌지만 그러나
잊혀질 수 없는 그대들!

그대들에 관해서 많이는 들을 수 없지만 들리는 바에
의하면 그대들은
교정 불능이라고 그러오
아무리 가르쳐도 프롤레타리아트 운동에서 멀어지지 않는
그대들은 지금도 여전히 독일에는 두 종류의 인간이
즉 착취하는 자와 당하는 자가 있고
계급 투쟁만이 도시 또는 농촌의 대중을
비참으로부터 해방할 수 있다는 생각을 바꾸지 않고 있소
곤봉으로 난타를 당하고 거꾸로 공중에 매달려도 들리는
바에 의하면 그대들은

끝내 말하려고 하지 않는다 하오
둘 더하기 둘은 이제 다섯이다라고
이렇게 하여 그대들은
사라져 갔소 그러나

잊혀지지는 않을 것이오
두들겨 맞으면서도 그러나
의지만은 꺾이지 않고
교정불능으로 계속해서 싸우고 있는 모든 사람들과 함께
어디에 있어도 진리를 버리지 않았던
그대들이야말로 미래의 독일을
진실로 이끌어갈 것이오.

어떤 보고

히틀러 측의 손에 떨어진 한 동지에 관해서
우리들 측의 사람들이 보고한다—

그를 옥중에서 발견했음
좌절 않고 건강한 모습임 아직
흰머리 하나 없는 검은 머리카락을 하고 있음
………

밤의 안식처

나는 듣는다 뉴욕의
26번가 브로드웨이 골목에서
겨울 몇 달 동안 밤마다 한 사내가 서서
잠자리가 없는 사람들을 위해
밤의 안식처를 걱정하면서 지나가는
사람들에게 희사금을 요구하고 있다고

세계는 그것으로 바뀌지지 않는다
인간들 서로의 관계가 좋아지는 것도 아니고
착취의 시대가 그것으로 단축되는 것도 아니다
그러나 몇몇 사람들이 밤의 안식처를 얻어
그 밤 동안만은 바람을 피하고
그들 위에 쌓였을 눈이 거리에 떨어지기는 한다

책을 놓지 마십시오 이것을 읽고 있는 사람들이여

몇몇 사람들이 밤의 안식처를 얻어
그 밤 동안만은 바람을 피하고
그들 위에 쌓였을 눈이 거리에 떨어지기는 한다

브레히트

그러나 세계는 그것으로 바뀌지지 않는다
인간들 서로의 관계가 좋아지는 것도 아니고
착취의 시대가 그것으로 단축되는 것도 아니다.

브레히트

인용문

시인 킨은 말했다—
유명하게 되지 않으면 어떻게 불멸의 작품을
내가 쓸 수 있겠는가
묻지도 않는데 어떻게 대답하겠는가
시간이 헛되이 흘러가고 있다는데 뭣 때문에 또
이들 시란 것을 쓰느라고 시간을 허비하는 것인가
나는 쓴다 나의 제안을 오래도록 사라지지 않을 언어로
왜냐하면 그 제안들이 실행되기 위해서는
오랜 시간이 걸릴 것이기 때문이다
위대한 것은 그것을 달성하기 위해서는
위대한 변화를 필요로 한다
쬐그마한 변화는 위대한 변화의 적이다
나에게는 이런저런 적이 있다
그러므로 나는 반드시 유명해져야 하는 것이다.

브레히트

평화를 위한 한 전사의 죽음에 부쳐
—칼 폰 오시엔스키를 추모하며

백기를 들지 않았던 자는
살해되었다
살해된 자는
백기를 들지 않았다

경고를 말했던 입에는
진흙이 처넣어졌다
피비린내 나는 극이
막을 올리고
평화를 외쳤던 친구의 무덤을
군화가 짓밟으며 간다

그의 투쟁은 무익했던가

그러나 그것이 그 혼자만의 투쟁이 아니었다면
적은
아직 승리한 것이 아니다.

브레히트

동요하는 사람에게

당신은 말하고 있소—
우리들의 운동은 궁지에 몰려 있고
암흑이 깊어가고 있다 힘도 쇠잔해가고
수년 동안 활동에 활동을 해왔지만 우리들은
지금 활동이 개시되었을 때보다 어려운 상황에 처해 있다

그러나 적은 이전보다 강력하다고
적의 세력은 강화되고 있어 아무래도
상대하기가 어려워져가고 있다
게다가 우리들은 오류까지 범했다고 부인할 수 없는 오류를
우리들의 수는 줄어가고 있을 뿐만 아니라
슬로건도 혼란을 겪고 있으며 우리들의 말은
볼품없이 적에 의해서 왜곡되고 있다

우리들이 말했던 것 중에서 지금 어떤 것이 잘못되어
있는가
일부인가 전부인가
어디에 남아 있는 아군이 있는가 살아 있는 조류에서
밀려난 잔류에 지나지 않는 우리들은

브레히트

이제 아무도 이해해주지 않고 이해시키지도 못하고 있지
않는가

우리는 운명을 하늘에라도 맡길 수밖에 없지 않는가

이렇게 당신은 묻고 있소 기대하지 마시오
당신 자신의 대답이 아닌 다른 사람의 대답을.

세계를 변혁하라 필요한 것은 그것이다

정의의 사람은 아무하고나 자리를 같이 해서는 안 되는가
그것이 정의에 필요한데도?
어떤 약이 너무 쓴 경우가 있는가
죽음에 직면한 사람에게?
어떤 비열한 행위도 그대는 해낼 수 있는가
비열한 것을 근절시키기 위해서라면?
마침내 세계를 변혁할 수 있다면 왜
당신은 악인의 경지에 발을 들여놓지 않는가?
어떤 사람인가 당신이란 사람은?
불륜의 침상으로 들어가
학살자를 껴안아라 팔로 그리고
세계를 변혁하라 필요한 것은 그것이다!

브레히트

서정시가 어울리지 않는 시대

물론 나는 알고 있다 행복한 사람만이
다른 사람의 호감을 산다 그의 목소리는
귀에 거슬리지 않고 그의 얼굴은 깨끗하다

정원의 나무가 기형적인 것은
토양이 나쁘다는 것을 말해준다 그런데
지나가는 사람들은 나무를 비난한다 불구자라고
어쩔 수 없는 노릇이다

푸른 조각배나 해협의 한가로운 돛을
나는 보지 않는다 내가 보는 것은
어부들의 닳아질 대로 닳아진 어망뿐이다
왜 나는 사십 대에 허리가 구부러진
토지 없는 농부에 대해서만 노래하는가
처녀들의 유방은
옛날처럼 따뜻한데

나의 시에 운율을 맞추면 나에게는 그것이
겉멋을 부리는 것처럼 생각되기까지 한다

나의 내부에서 싸우고 있는 것은
꽃으로 만발한 사과나무에 대한 도취와
저 칠쟁이•의 연설에 대한 분노이다

그러나 후자만이 나로 하여금
당장에 펜을 잡게 한다.

• 칠쟁이는 히틀러를 가리킨다.

문학은 철저하게 연구될 것이다
— 마르틴 아네르센 넥쇠에게

1

황금 의자에 앉혀서 글을 쓴 사람들은
다음 시대에 질문을 받게 될 것이다 그들이
입고 있는 천을 짠 사람들은 누구였는가라고
그들의 저작품은 철저하게 연구되겠지만 그것은
고상한 사상이 아니라 부록에 첨가된 문장이
관심을 가지고 읽혀질 것이다
그것이 옷감을 짰던 사람들의 특징을 추찰하는 데
도움이 된다면 왜냐하면 중요시되는 것은
찬탄의 대상인 저 선조들의 특징이기 때문에

일체의 문학
다듬고 다듬어진 그것으로부터도
철저하게 연구되어 파헤쳐내야 한다
압제의 시대에도 봉기했던 사람이 있었다는 것을
인간을 초월한 존재에 대한 기도가 있었다는 것은
인간 위에서 횡포를 부리는 인간이 있었다는 증거다
세련된 말의 음악은 전해준다 무엇보다도
많은 사람들이 굶주리고 있었다는 것을.

브레히트   **41**

2

그러나 다음 시대에는 찬양받을 것이다
맨땅 위에 앉아서 글을 썼던 사람들이
하층 사람들 사이에서 글을 쓰고
투쟁의 한가운데서 글을 썼던 사람들이

그들은 하층 사람들의 고통을 보고하고
싸우는 사람들의 행동을 보고했다
기술을 구사하며 갈고닦은 그 말은
예전에는 독점되어
전제 군주에게 봉사했던 것이다

박해를 묘사했던 문장 또는 격문에는
하층 사람들의 엄지손가락 자국이
남을 것이다 왜냐하면 이 사람들이야말로
그 문장을 손에서 손으로 건네고 이 사람들이야말로
그 문장을 땀에 젖은 속옷 밑에 숨기고
경찰의 비상경계의 망을 빠져나와
동지들에게 전해줬기 때문에

그렇다 다가오는 시대에는
이 현명한 사람들 우정에 넘치고 넘쳤던 사람들
분노와 희망으로
맨땅 위에 앉아서 글을 쓰고
하층의 투쟁하는 사람들과 어깨를 같이 했던 사람들이
찬양받을 것이다 공공연하게

객관적인 사람들에 대해서

1
부정과 싸우는 사람들이
상처 입은 그 얼굴을 드러낼 때
안전한 곳에 있었던 사람들의 초조감은
크다.

2
"왜 불평을 늘어놓는가"라고 그들은 묻는다
"당신들은 부정과 싸우지 않았는가! 그리고 지금
당신들은 패배했다 그러므로 무슨 할 말이 있는가!"

3
"싸우는 사람은" 하고 그들은 말한다 "당연히 패배하기도
한다
싸움을 추구하는 자는 위험에 직면하고
폭력으로써 행동하는 이상
폭력에 죄를 씌워서는 안 된다"고.

4

아 벗들이여 당신들 안전한 사람들이여
뭣 때문에 그런 적의를? 우리들이
당신들의 적이란 말인가 부정을 적으로 삼고 있는 우리가?
부정에 항거하는 투사가 패배해도
부정이 옳은 것은 아니잖는가!!

5

우리들의 패배가 증명
하는 것은 다만 하나 우리들이 너무
소수라는 것이다
속물근성에 반대하여 싸우는 사람들은
그리고 우리들은 기대한다 방관자들에게
적어도 부끄러워할 줄이나 알라고.

오세그의 과부들을 위한 발라드•

1

상복을 입은 오세그의 과부들이
프라하에 와서 말했네
"이 아이들을 어떻게 해주세요 여러분
오늘 아무것도 못 먹은 이 아이들을!
아이들 아버지가 당신들의 탄광에서 죽었으니까요"
"어떻게 해보지"라고 프라하의 나으리들은 말했네
"오세그의 과부들을 어떻게 처리해야 하지"

2

상복을 입은 오세그의 과부들이
경찰의 무리와 부닥쳤네
"이 아이들을 어떻게 해주세요 여러분
오늘 아무것도 못 먹은 이 아이들을!"
그러자 경찰 나으리들은 총알을 장전했다
"이렇게 하지"라고 경찰 나으리들은 말했네
"오세그의 과부들에게 이것이나 먹여주지"

3
상복을 입은 오세그의 과부들이
국회 앞으로 몰려갔네
"이 아이들을 어떻게 해주세요 여러분
배고파 죽게 된 이 아이들을"
그러자 국회의 나으리들은 일장 연설을 했다
"이렇게 하지"라고 국회의 나으리들은 말했네
"오세그의 과부들에게 연설이나 해드리지"

4
상복을 입은 오세그의 과부들이
한밤중에 거리에서 연좌농성을 하고 있었다
누군가가 어떻게 해줄 것이다 이 수도에서!
그리고 때는 11월이었다
눈이 펑펑 내렸다 진눈개비에 섞여
"이렇게 하지"라고 눈이 말했네
"오세그의 과부들에게 눈이나 듬뿍 내려주지"

● 이 시는 1939년에 쓰였다.

바이마르 헌법 제2조

1

국가의 권력은 국민으로부터 나온다
—그런데 나와서 어디로 가지?
그래 도대체 어디로 가는 거지?
아무튼 어딘가로 가기는 가겠지?
경찰이 건물에서 줄줄이 나온다.
—그런데 나와서 어디로 가지?
그래 도대체 어디로 가는 거지?
아무튼 어딘가로 가기는 가겠지!

2

보라 거대한 무리가 행진하고 있다
—그런데 어디로 행진하지?
그래 어디로 행진하는 거지?
아마 어딘가로 행진하기는 하겠지!
지금 국회 주위를 돌고 있다
—그런데 돌아서 어디로?
그래 돌아서 어디로?
아마 돌아서 어딘가로는!

3
갑자기 국가의 권력이 멈춘다
뭔가 나란히 서 있다
― 무엇이지 그곳에 나란히 서 있는 것이?
글쎄 뭔가 나란히 서 있기는 서 있다
그러자 갑자기 국가의 권력이 고함친다
고함친다 즉각해산이다!
어째서 즉각해산이지?
닥쳐 즉각해산이다!

4
그러나 뭔가는 여전히 그곳에 존재한다
왜? 그 뭔가가 말한다
왜 저놈이 왜라고 말하는가?
저런 놈이 왜라고 말해?
그리고 국가의 권력은 발포한다
그러자 뭔가 쓰러진다
도대체 뭐가 쓰러지지?
왜 금방 쓰러지는 거지?

브레히트

5

뭔가가 누워 있다 진흙탕투성이가 되어
진흙탕투성이가 되어 누워 있다!
무엇이 무엇이 누워 있는가?
무엇인가가 누워 있다
그곳에 무엇인가가 누워 있다 숨이 끊어진 채
그러나 그것이야말로 국민!
진짜로 그것이 국민?
그렇다 진짜로 국민이다.

독일

창백한 어머니! 오 독일이여
왜 당신은 오욕을 뒤집어쓰고
여러 민족들 사이에 앉아 있습니까
더러운 그들 중에서도
당신이 가장 눈에 띕니다

당신의 자식들 중 가장 가난한 자는
타살되어 누워 있습니다
그가 굶주려 허덕이고 있을 때
당신의 다른 자식들이
그를 때려눕혔던 것입니다
그것은 널리 알려져 있습니다

그들은 그를 때려눕혔던 바로 그 손을
똑같이 치켜들고
얼토당토않게도 이번에는 당신에게 다가서고 있습니다
정면에서 당신을 비웃으면서
이것도 잘 알려져 있는 일입니다

브레히트

당신의 집에서
큰소리로 고함쳐대고 있는 것은 허위
그러나 진실은
소리가 되어 나오지 못합니다
그렇지 않습니까?

왜 억압자들은 너도나도 당신을 찬양하는데
억압을 당하고 있는 이들은 당신을 비난하는 것입니까
착취를 당하고 있는 사람들은
당신을 지탄하고 있습니다 그러나
착취하는 자들은 찬양합니다
당신의 집에서 안출된 체제를

하지만 당신이 당신의 치맛자락을
숨긴다고 해서 사람들의 눈에 띄지 않는 것은 아닙니다
그것은 피로 온통 젖어 있습니다 당신의
가장 뛰어난 자식들의 피로

당신의 집에서 울려 퍼져 나오는 연설을 듣고 사람들은

브레히트

웃습니다
　그러나 당신과 눈이 마주치면 사람들은 나이프를 쥡니다
　당신이 강도로 보이기 때문입니다

　오 독일 창백한 어머니여!
　당신은 자식들의 행위 때문에
　당신은 여러 민족 사이에 앉아
　조롱의 씨 공포의 씨가 되어 있습니다.

브레히트

노동자의 힘

어느 날 날짜를 잡아 노동자들은
스페인 전역에서 공장에 나가지 않았다 철도 차량은
차갑게 식어 선로 위에 줄을 지어 서 있고 불이 꺼진
집들과 가로등이 연이어지고 전화는
한 덩어리 쓸모없는 쇠붙이일 뿐이었다 이제 사기꾼 장사치들도
경찰을 부를 수가 없게 되었다 이와는 반대로
대중은 서로서로 말을 주고받을 수 있었다 3일 동안
강력한 기구에서 일하는 사람들이 그것을
잘 활용했다 노동자들은 노동을 정지하고
자기들의 힘을 과시했던 것이다 비옥한 농지는
금세 자갈투성이의 쓸모없는 흙덩이로 변하고
미가공의 양모와 갱도坑道를 나오지 못한 석탄은
아무도 따뜻하게 해주지 못했다 경찰의 구두마저
찢어져 있었지만 그에 대체할 것이 없었다
그 후
불일치가 봉기를 좌절케 했다 그러나 그때조차도
파업을 종식시키려고 하는 두목들의 지령은
며칠 동안 대중의 밑바닥까지는 닿지 못했다

왜냐하면 기관차는 증기를 뿜어내지 않고
우체국에는 사람의 그림자도 보이지 않았기 때문이다
이렇게 하여 그때조차도
과시되었던 것이다
노동자의 위대한 힘이.

코뮌 전사의 결의

1

당신들은 우리들이 가지고 있는 약점을 고려하여
만들었다 우리들을 노예화하는 법규를
노예이기를 바라지 않는 우리들은 고려하여
앞으로는 무시한다 당신들의 법규를
       고려한다 그러면 당신들은 당장에
       우리들을 협박할 것이다 총으로 포로
       우리들은 결의한다 이제부터 우리들은
       죽음보다 비참한 삶을 두려워하자.

2

고려한다 당신들의 도적질을 감수하면
우리들은 언제까지 굶주림에 시달릴 것이라는 것을
확인하자 창유리만이 빵으로부터
빵 없는 우리들을 격리하고 있다는 것을
       고려한다 그러면 당신들은 당장에
       우리들을 협박할 것이다 총으로 포로
       우리들은 결의한다 이제부터 우리들은
       죽음보다 비참한 삶을 두려워하자.

3

고려한다 집들은 줄지어 서 있는데
당신들은 우리들에게 살 곳을 주지 않는다
결의한다 우리들은 들어가자 그곳으로
왜냐하면 움 속에서 잠자는 것은 더 이상 참을 수 없다
　　　　고려한다 그러면 당신들은 당장에
　　　　우리들을 협박할 것이다 총으로 포로
　　　　우리들은 결의한다 이제부터 우리들은
　　　　죽음보다 비참한 삶을 두려워하자.

4

고려한다 넘쳐나는 석탄의 산 밑에
우리들은 맨손으로 추위에 떨고 있다
결의한다 석탄을 당장 가지고 오자
그러면 따뜻함이 찾아들 것이다
　　　　고려한다 그러면 당신들은 당장에
　　　　우리들을 위협할 것이다 총으로 포로
　　　　우리들은 결의한다 이제부터 우리들은
　　　　죽음보다 비참한 삶을 두려워하자.

5
고려한다 당신들에게는 도저히 불가능할 것이다
좋은 임금을 우리들에게 지불하는 것이
이제 우리들 자신이 공장을 인수하자
아무 일 없을 것이다 당신들 없이도
　　　　　고려한다 그러면 당신들은 당장에
　　　　　우리들을 협박할 것이다 총으로 포로
　　　　　우리들은 결의한다 이제부터 우리들은
　　　　　죽음보다 비참한 삶을 두려워하자.

6
고려한다 무엇을 약속하건
정부 따윈 신용하지 말 것을
결의한다 우리들 자신의 지도하에서
좋은 생활을 쌓아갈 것을
　　　　　고려한다 당신들에게도 포성만은 들릴 것이다 ―
　　　　　그 외의 말은 당신들에게 들리지 않는 것이다 ―
　　　　　그러므로 이제 우리들은 헛된 수고는 그만두고
　　　　　포구를 당신들에게 향하게 하지 않으면 안 된다.

독일 전쟁 안내

고상한 사람들 사이에서는
먹는 것에 관해서 이야기하는 것은 천한 일이다
왜냐하면 놈들은
이미 먹고 있기에

천한 사람들에게는 지상에서 사라지는 날까지
상품의 고기는
한 점도 입에 들어가지 않는다

청명한 날 황혼 무렵에
인간은 어딘가에서 왔다가 어딘가로 간다고
명상하기에는 그들 천한 사람들은
너무나 지쳐 있는 것이다
산맥도 바다도
보지 못하는 사이에
그들의 해는 저물어간다

천한 사람은
천한 것을 생각하지 않으면

고상하게 되지 않는다.

×　　×　　×

굶주린 민중에게 이미 빵은 떨어졌다
고기 맛을 잊은 지 오래다 헛되이
사람들은 땀만 흘렸다
월계수 나무에
가지는 없고
연기가 피어오른다
탄약 공장의 굴뚝에서.

×　　×　　×

칠쟁이가 말하고 있다 위대한 시대가 온다고
삼림은 살아 서 있다 아직은
밭에서는 곡식이 여물어가고 있다 아직은
도시는 존재하고 있다 아직은
인간은 숨을 쉬고 있다 아직은.

×　　　×　　　×

노동자들이 외친다 빵을!
상인들이 외친다 시장을!
실업자들은 벌써 굶주렸다 이제
취업자들도 굶주리고 있다

무릎 위에 놓여 있던 손이 다시 움직이기 시작한다
그 손이 만드는 것은 이제 포탄이다

×　　　×　　　×

식탁 위의 고기를 약탈한 놈들이
안빈낙도를 가르친다
남을 희생시켜 벌어들인 놈들이
희생정신을 요구한다
끊임없이 먹고 있는 놈들이 주린 사람들에게
다가오는 위대한 시대에 관해서 이야기한다
국가를 파멸의 구렁텅이로 빠뜨린 놈들이

단순한 사람에게는
정치란 어려운 것이라고 말한다.

        ×   ×   ×

나리 양반들은 말한다 평화와 전쟁은
뿌리부터 다른 것이었다고
그러나 놈들의 평화와 놈들의 전쟁은
쉽게 말해서 바람과 폭풍이다

전쟁은 놈들의 평화에서 탄생하고 자란다
아기가 어머니에게서 태어나는 것처럼
그 아기는
어머니의 비참을 이어받고 있다
놈들의 전쟁은 살해하는 것이다
놈들의 평화가
못 보고 놓쳐버렸던 것을.

        ×   ×   ×

우리들은 더 이상 다투지 않는다
권력을 가졌을 경우 그 사용법을 놓고 지금
우리들은 어떤 권력도 갖고 있지 않는 것이다

우리들은 더 이상 논하지 않는다
폭력 없이 해갈 수 있는가 어떤가를 놓고 지금
폭력이 우리들을 때려눕히고 있는 것이다.

      ×   ×   ×

농부가 밭을 갈고 있다
그러나 누구인가
수확을 걷어가는 자는.

      ×   ×   ×

전쟁이 시작되면 여러 가지 것이 커진다
유산자의 재산이
무산자의 비참이

지도자의 말과
지도당한 자의 침묵이.

× × ×

처녀들이 시골의 나무 사이에서
자기들의 연인을 택하고 있다
선택하고 있다
죽음의 신도 역시

아마
나무들조차 살아남지 못할 것이다.

× × ×

밤이다
부부들이
잠자리에 든다 젊은 아낙들은
고아를 낳을 것이다.

×　　×　　×

정부의 소리에는
그림자처럼
거짓말이 따라다닌다
지배자는 큰소리로 외치고
민중들은 속삭인다.

×　　×　　×

나리 양반들이
한방에 모였다
가두의 사람들이여
모든 희망을 버려라

정부 사이에
불가침 조약이 씌어지고 있다
서민들이여
당신의 유서를 쓰라.

브레히트   **65**

×　　　×　　　×

벽에는 분필로 씌어져 있었다
"당신이다 전쟁을 바란 놈은"
그것을 썼던 사람은
이미 살아 있지 않다.

×　　　×　　　×

상층 사람들은 말한다
길은 영광에로 이른다고
하층 사람들은 말한다
길은 무덤에로 이른다고.

×　　　×　　　×

다가오는 전쟁은
최초의 것은 아니다 그 전에
몇 번의 전쟁이 있었다

브레히트

전번의 전쟁이 끝났을 때
승자와 패자가 있었다
패전한 나라에서는 하층 사람들이
굶주렸다 승전한 나라에서는
굶주렸다 역시 하층 사람들이.

       ✕   ✕   ✕

행렬의 대열이 짜져도 대부분의 사람들은 모른다
열의 선두에 선 자가 적이라는 사실을
지휘하는 소리는
적의 소리
적이 적이라고 고함치는 놈
그놈이 바로 적이다.

       ✕   ✕   ✕

장군이여 당신의 전차는 막강하다
숲속의 나무를 깔아뭉개고 수백의 인간을 짓이겨버린다

브레히트

그러나 그것에도 결점이 하나 있다
그것에는 타는 사람이 필요하다

장군이여 당신의 폭격기는 무섭다
폭풍보다 빠르게 날고 코끼리보다 적재량이 크다
그러나 그것에도 결점이 하나 있다
그것에는 정비원이 필요하다

장군이여 인간은 정말이지 쓸모가 있다
날을 수도 있고 죽일 수도 있다
그러나 그에게도 결점이 하나 있다
그는 사고할 수 있는 것이다.

- 〈독일 전쟁 안내〉를 부분적으로 번역한 것이다.

브레히트

그런데 당신의 나라에서는?

우리나라에서는
해가 바뀔 때나 한 가지 일이 끝날 때나
생일날에 좋은 사람에게 좋은 운을 기원해야 합니다
우리나라에서는
순진한 인간은 행운을 필요로 하기 때문입니다

아무에게도 상처를 입히지 않는 사람 그 사람이
차에 깔리게 되는 것이 우리나라입니다
그리고 재산은 다만 죄악에 의해서만이 획득되는 것입니다

점심 한 끼라도 얻어먹기 위해서는
위급할 때 국가를 건설할 만큼의 용기가 필요하고
죽음에 직면하지 않고는 아무도
비참한 사람을 구해줄 수 없습니다

거짓말을 하는 사람은 추켜올려진답니다
그런데 진실을 말하는 사람은
호위를 필요로 한답니다 그러나 그런 호위는
어디에도 없답니다.

쫓겨난 것은 당연하다

부잣집 아들로서 나는 자랐다
부모는 나의 목에 칼라를 끼워
하녀를 부려먹는 습관을 심어주고
명령을 내리는 요령을 가르쳤으나
나이가 들면서 물정을 알게 되자
나는 이 계급의 무리들이 역겨워졌다
명령을 내리는 것도 시중을 받는 것도 싫어졌다
그래서 나는 나의 계급을 버리고
비천한 사람들과 동무가 되었다

따라서
그들은 배신자를 키웠던 셈이다
그들의 속임수를 가르침 받았던 자가
적에게 그들을 넘겼다고나 할까

그렇다 그들의 비밀을 나는 떠벌리고 다닌다
사람들 속으로 들어가서 그들이 어떻게
속여먹는가를 설명하고 앞으로
어떻게 될지를 예언한다 그들의 계획을

브레히트

나는 속속들이 알고 있기 때문에

매수된 성직자들의 라틴어를 한 자 한 자
일상의 언어로 번역해보면
그것이 사기라는 것을 알게 된다
그들의 소위 정의의 저울을 끌어내고
그 분동分銅이 가짜라는 것을 폭로하면
고용된 밀고자들이 그들에게 보고한다
도둑맞은 바보들이 폭동을 꾸미고 있으며
그 자리에 나도 끼여 있다고

그들은 나에게 경고를 내리고 내가 벌었던 것을
빼앗아갔다 그리고 개전의 정이 내게 없음을 보고 곧
나를 체포하려고 왔지만
그들이 나의 집에서 발견했던 것은
그들의 반민중적 음모를 폭로한 문건뿐이었다
추격의 체포장을 보내왔는데
거기에는 내가 품성이 비천하기 때문에 죄가 있다고 되어
있었다

즉 비천한 사람들의 품성이라는 것이다

어디를 가나 가진 자들은
나를 악당 취급을 하고 있지만
가진 것이 없는 사람들은 체포장을 읽고
나를 숨겨주면서 말하는 것이었다
당신을 놈들이 쫓아낸 것은
당연하다고.

취사장에서[*]

혁명의 2월이 지나고 대중이
행동을 정지했을 때
전쟁은 아직 계속되고 있었다 농민에게는 토지가 없고
공장 노동자는 압제 밑에서 굶주리고 있었는데
다수에 의해서 선출된 평의회는 소수를 대변하고 있었다
이리하여 모든 것이 구태의연하게 무엇 하나 달라진 것이
없을 때
볼셰비키는 평의회에서 백안시당했다
왜냐하면 그들은 끊임없이 요구했기 때문이다 총구를
프롤레타리아의 진짜의 적 지배 계급에게
향하라고

그들은 그래서 배신자로 간주되고 반혁명이라 욕을
얻어먹고
강도 무뢰배 쓰레기라 일컬어졌다 그들을 지도하는 레닌은
매국노 스파이라 불리고 창고에 숨어 있어야 했다
어디를 가나 그들과 눈이 마주치면
상대편은 눈을 돌리고 그들을 맞이한 것은 침묵이었다
대중은 그들과는 별개의 깃발 아래서 행진하고 있었다

장군과 부호와 부르주아지들이 활개치고 다녔으며
볼셰비키 운동은 패배한 것처럼 보였다

그러나 이 시기에 그들은 끊임없이 활동했다
고함치는 소리에도 당황하지 않고 그들의 편이었던 대중의
공공연한 이반에도 주눅 들지 않고
끊임없이 반복하여 새롭고
새로운 노력을 거듭하여
최하층의 대중을 대표했다
그들이 유의했던 것은 그들에 의하면 이런 것이었다
스몰니 식당에서 그들은 알아차렸다

빵이나 배추나 수프나 차를 건넬 때
집행 위원들에게 서비스를 해주고 있는 병사가 다른
누구보다도
볼셰비키에게 보다 따뜻한 차를 보다 부드러운 빵을
건네주고 있음을, 건네주면서 병사는
눈을 다른 데로 돌리고 있었는데 그것으로 그들은 인식했던
것이다 이 병사는

우리들에게 공감하고는 있으나 상관 앞에서는
그것을 숨기고 있다고 마찬가지로
스몰니에 있는 하급 직원은 모두가 분명히
위병도 전령도 보초병도 그들에게 기울어지고 있었다
이것을 보고 그들은 말했다.
"우리들의 운동은 그 반은 이루어졌다"고
즉 이와 같은 사람들의 사소한 움직임이나
발언과 시선과 침묵 그리고 눈의 방향 등이
그들에게는 중요하게 생각되었던 것이다 이와 같은
사람들로부터 친구라고 불리는 것
그것이야말로 그들에게는 제일의 목표였던 것이다.

- 이 시의 원제목은 〈1917년 여름 스몰니에서 볼셰비키는 민중의 대표를 취사에서 발견하다〉이다. 스몰니는 차르 시대에는 귀족 자녀들의 여학교였으나 2월 혁명 후 임시 혁명 정부가 사용하고 있었다.

인터내셔널

일어나라 자유로 태어나 노예로 슬픈 자들아
우리의 피가 끓어 넘쳐 결사전을 하게 한다
압제의 세상 타도하고 새 세계를 세우자
짓밟혀 천대받은 자 모든 것의 주인이 되리
이제 우리 싸워서 최후에 쟁취하리
인터내셔널로 인간의 권리를

하느님도 임금도 영웅도 우리 구제 못 하리
우리 다만 제 손으로 해방을 가져오리
착취의 세상 타도하고 새 세계를 세우자
빼앗겨 학대받은 자 모든 것의 주인이 되리
이제 우리 싸워서 최후에 쟁취하리
인터내셔널로 노동의 해방을

브레히트

묘비명 1919

붉은 로자*는 방금 사라졌다.
그녀가 잠든 곳은 어느 근처인가?
가난한 이들에게 진실을 말해주고
부자들에 의해 세계에서 추방당했다.

* 로자는 여기서 로자 룩셈부르크를 가리킨다.

시인들의 이주移住

호메로스에게는 집이 없고
단테는 어쩔 수 없이 집을 버리고
이백李白과 두보杜甫는 삼천만 명이 말려든
내란 속을 유랑하고
에우리피데스는 법정에서 협박당하고
죽을 때 셰익스피어는 입이 봉해지고
프랑소와 비용은 시신詩神뿐 아니라
경찰에게 추적당하고
'가엾은 사람'이라 불려진
저 루크레티우스는 망명하고
하이네도 그렇고 그리고 브레히트도 도망쳤다.
덴마크의 초가지붕 밑으로

브레히트

분서焚書

당시의 정부가 유독有毒 지식이 든 책을

만인이 보고 있는 앞에서 태워버리라고 명령하고

도처에서 황소들이 책을 쌓아올린 짐차를

활활 타오르는 장작더미 위로 끌고 갈 때

뛰어난 시인 중의 한 사람이고

추방당한 어떤 시인은 소각된 책의 목록을 보다가

자기의 작품이 잊혀지고 있는 데에 경악하여

분노로 책상으로 뛰어가 당시의 권력자에게 편지를 썼다

나를 태워라! 라고 그는 갈겨썼다. 나를 태워라!

나에게 이런 치욕을 가하지 말라! 나를 특별 취급하지 말라

내 작품 속에서 내가 진실을 쓰지 않는 것이 있었느냐

지금 이 나를 거짓말쟁이로 취급할 것이냐

네놈들에게 명령하노니

나를 태워라!

브레히트

변증법을 찬양한다

부정이 활보하고 있다 버젓이
억압의 천년 계획이 수립되고 있고
폭력은 책임지고 보증하겠다고 한다 어떤 것도 변하지
않는다고
떵떵대는 소리는 지배자의 소리뿐이고
시장에서는 착취가 외쳐댄다 본업은 이제부터라고
그러나 피지배자 대부분은 말하고 있다
우리들의 소원은 이루어지지 않을 것이라고

살아 있는 한 이루어지지 않을 것이라고 말하지 말라!
견고한 것도 견고한 것은 아니다
변하고 있지 않는 것은 없다
지배자의 말이 끝나면
피지배자가 입을 열 것이다
왜 이루어지지 않는다고 그런 말을 하는가?
압제가 계속되는 것은 누구 때문인가 우리들이다
그것을 분쇄시키는 것은? 그것도 우리들이다
얻어터지지만 말고 일어나라!
갈팡질팡 망설이지 말고 싸워라!

브레히트

상황을 파악하고 있으면 어떤 방해물이 있겠는가?

생각하라 오늘의 패자는 내일의 승자

이루어지지 않는 것도, 오늘 중에라도! 이루어지는 것이다.

배움을 찬양한다

배워라 단순한 것을 여러분들에게
여러분의 시대가 왔다
너무 늦는 법은 없는 것이다!
배워라 가나다라를 그것만으로는 양이 차지 않겠지만
우선 배워라! "이제 와서 새삼스럽게" 그런 말일랑 하지
말고
시작해라! 여러분은 모든 것을 알아야 한다
여러분은 선두에 서야 한다

배워라 여인숙에 사는 사람들이여
배워라 감옥에 있는 사람들이여
배워라 부엌의 여자들이여
배워라 60세의 여인이여
여러분은 선두에 서야 한다
학교를 찾아라 집 없는 사람들이여
지식을 손에 넣어라 추위에 떠는 사람들이여
굶주린 사람들이여 책을 잡아라 손에 그것은 무기의 하나다
여러분은 선두에 서야 한다

브레히트

동지여 질문하라 망설이지 말고
듣는 것만으로 만족하지 말고
스스로 음미해보라!
스스로 납득할 수 없는 것은
앎 속에 들어가지 않는다

감정서를 검산하라
지불을 독촉받는 것은 여러분인 것이다
하나하나의 항목에 손가락을 짚어가며
질문하라 이게 어째서 이러느냐고
여러분은 선두에 서야 한다.

브레히트

혁명가를 찬양한다

압제의 사슬이 조여오고 있다
그러자 많은 사람들이 의기소침한다
그러나 그는 용기가 솟아오른다

그는 투쟁을 조직하고
임금과 홍차와
국가 권력의 장악을 목표로 삼는다
그는 사유 재산에 질문을 던진다
어떻게 해서 생겨났는가 하고
이런저런 의견에 질문을 던진다
누구에게 필요한 것인가 하고

침묵의 껍데기가 두터운 곳에서
그는 발언한다
압제가 지배하고 운명이 이야기되는 곳에서
그는 이름을 부른다
그가 식사를 하기 위해 자리를 잡는다
그러자 자리에 앉아 있던 사람이 불만스러워한다
음식의 형편없음을

브레히트

방이 비좁음을 인식하게 된다

그를 추방하면 그가 가는 토지에
폭동이 번지고 그가 사라지고 없는 토지에도
여전히 불온의 불씨는 꺼지지 않는다.

당을 찬양한다

개인의 눈은 하나
당의 눈은 천 개
당은 일곱 개의 국가를 보고
개인은 하나의 도시를 본다
개인이 갖고 있는 것은 자기의 시간
그러나 당이 갖고 있는 것은 많은 시간
개인은 사라지기도 하지만
그러나 당은 사라지지 않는다
생각하라 당은 대중의 전위
그들은 투쟁을 지도한다
현실이 지식으로부터 흡수한
고전적 이론가의 방법으로.

브레히트

그러나 누구인가 당은

그러나 누구인가 당은?
전화가 있는 건물에 앉아 있는 것이 그것인가?
그 생각은 비밀이고 그 결정은 알려져서는 안 되는 것인가?
누구인가 그것은?

우리들이다 그것은
당신이고 나고 당신들이다 ― 우리 모두인 것이다
당신의 옷을 입고 당신의 머리로 생각하고 있는 것이
그것이다
그것은 내가 사는 집에서 살고 당신이 습격받은 곳에서
싸운다
당신이 우리들이 가야 할 길을 제시하면 우리들은
당신과 함께 그 길을 간다 그러나
바른 길도 우리를 빼고는 가지 말라
혼자서 가는 길은
가장 옳지 않은 길이다
우리들과 떨어져서 가지 말라!
우리들이 잘못이고 당신이 옳을지도 모른다 그러나
그렇다고 해서

우리들과 떨어져서 가지 말라!

돌아서 가는 길보다 지름길이 좋다고 누구나 말한다
하지만 누군가가 지름길을 인식하고 있을 뿐
그것을 우리들에게 보여주지 않는다면 그 지혜는
유용할까?
지혜는 우리들과 함께 짜라!
우리들과 떨어져서 가지 말라!•

• 한 사람의 생각은 사실 보잘것없는 것이다. 수천수만 일꾼들의 실천에서 나온
생각에 비하면. 가능한 한 민주적인 절차와 방법으로 의견이 모아져야 할
것이다. 그래야 사상의 통일, 의지의 통일, 행동의 통일 위에서 변혁 사업을
성공적으로 꾸려나갈 수 있는 것이다.

브레히트

비합법 활동을 찬양한다

훌륭한 일이다

계급 투쟁 속에서 발언하는 것은

드높이 대중에게 투쟁을 호소하는 것은

압제자를 짓밟아버리고 억압받는 사람들을 해방시키는

것은

곤란하지만 유용한 일 그것은 매일매일의 조그마한

활동이다

끈질기게 아무도 모르게

당의 그물눈을

자본가의 총구 앞에서 짜가는 일

말하고 그러나

말하는 사람을 보이지 않는 일

승리하고 그러나

승리자를 보이지 않는 일

죽고 그러나

죽음을 드러내지 않는 일

명성을 위해서라면 누구나 전력을 다한다 그러나 누구인가

알려지지 않는 일에 혼신의 노력을 하는 사람은?

가난한 식사를 하는 사람에게 덕성은 찾아오고

브레히트

위대성은

비좁고 금방이라도 무너져 내릴 것 같은 오두막집에서

서슴없이 걸어 나오는 것이다

그때 명성은 부질없이 물을 것이다

위대한 행위를 했던 사람은 누구인가라고

걸어 나오세요

이름도 얼굴도 없었던 사람들이여 그리고 받으세요

잠깐 동안이라도

우리들의 감사를.

라이프치히의 파시스트 법정에서 싸우고 있는
디미트로프* 동지에게

디미트로프 동지!

그대가 파시스트 법정에서 싸우기 시작한 이래

친위대인 폭도들과 교수형 집행자들이 웅성거리고 있는 그

한가운데

철의 채찍과 경찰의 곤봉이 바람을 자르고 있는 그

한가운데

드높고 명료하게 말하는 ○○주의자의 목소리가 있소

독일의 중앙에

그 목소리는 유럽의 모든 나라에 퍼지고 있소 모든 나라가

국경 저쪽의 암흑에 귀를 기울이고 있소 암흑 속에서

그 목소리는 또한 독일 국내의

약탈당한 사람들과 두들겨 맞으면서도

투쟁을 포기하지 않고 있는 모든 사람들에게도 미치고 있소

디미트로프 동지 그대는 그대에게 주어진 일분일초를

탐욕스럽게 이용하고 아직은 공개되어 있는 조그마한

• 디미트로프는 불가리아 태생의 혁명가. 제2차 세계 대전 후 불가리아의
  최고 지도자가 된다. 그는 1933년 독일 나치당이 조직한 국회 방화
  사건의 혐의자로 체포되어 법정에 선 바 있다.

공간을

　이용하고 있소

　우리들 모두를 위하여

　서투른 이국의 언어를 사용하고 있는 그대는

　처음부터 끝까지 욕소리를 얻어먹고

　몇 번이고 퇴정당해

　구치소에서 야윌 대로 야위어가면서도

　그침 없이 적에게 무서운 질문을 던지고

　죄 있는 자를 고발하여 놈들의

　격분과 퇴정 명령을 끌어냄으로써 분명하게 하고 있소

　놈들이 갖고 있는 것은 정의가 아니라 권력뿐이라는 것을

　비록 그대가 살해되어도 그대는 패배하는 것이 아니오

　왜냐하면 그대와 똑같이 저항하는 전사는

　그대처럼 뛰어나지는 않지만

　수천 명이 있기 때문이오 그리고

　권력의 감옥에 투옥되어 피를 흘리고 있는

　이 사람들도

　살해될지언정

패배하지는 않을 것이오

그들과 그대는 굶주림에 반대하다가 혐의를 받고
착취자에 반대하여 봉기하다가 검거되고
압제자에 반대하여 투쟁하다가 고발되고
정의의 행동을 취했다 해서
유죄가 되었소.

아라공

루이 아라공
Louis Aragon

1897. 10. 3 ~
1982. 12. 24

아라공은 프랑스의 초현실주의를 주도한 시인,
소설가이고 진보적 정치 행동가이기도 하다.
1927년 공산당에 입당했는데 그 후로 그는
공산당의 문학과 예술에 지속적인 영향력을
행사하게 되었다.
1928년 러시아 태생의 엘자 트리올레트를 만나
결혼했고 아내로부터 끊임없는 영감을 받았다.
1933년에는 그의 정치 참여 때문에
초현실주의자들과 결별을 했고, 1945년 프랑스
공산당 중앙 위원으로 선출되었다.
장편 소설 《현실 세계》는 사회 혁명을 향해
나아가는 프롤레타리아의 계급 투쟁을 역사적
관점에서 묘사하고 있으며, 《단장 시집》
《프랑스의 기상 나팔》에 실린 시들은 아라공의
열렬한 애국심을, 시집 《엘자의 눈》《나에게는
엘자의 파리밖에 없다》에서는 아내 엘자에 대한
사랑을 노래하고 있다.
1957년에 레닌 평화상을 1981년에는 프랑스
레지옹 도뇌르 훈장을 받았다.

스트라스부르 대학의 노래

햇살에 빛나는 대성당
독일인들에게 잡혀가면서
그대는 지칠 줄 모르며 헤아린다
순환의 계절을 해와 달을 흐르는 시간을
오 스트라스부르의 대성당

학생들은 이별을 고하고 빠져나갔다
알사스의 하늘을 나는 황새와
그대의 장미꽃 모양의 창에 대한 추억을
가득 채운 배낭을 짊어지고
서둘러서 시간을 다투어서

가르친다는 것은 희망을 말하는 것
배운다는 것은 성실을 가슴에 새기는 것
그들은 여전히 고난 속에서
그 대학을 다시 열었다
프랑스의 한가운데 클레르몽에

고금의 학學에 통했던 교수들

아라공   **97**

심판자의 눈초리를 가진 젊은이들
그대들은 은신처에서
대홍수가 끝나는 날에 대비했다
다시 스트라스부르로 돌아가는 날에

학문이라는 것은 길고 긴 인내
그런데 지금 왜 모든 사람들은 침묵하고 있는가
나치들은 기어들어와서 살해하고 있다
폭력만이 놈들의 유일의 덕이다
죽이는 것만이 놈들의 유일의 학문이다

놈들은 철권으로 흩뿌린다
우리들 아궁이의 재까지도
놈들은 닥치는 대로 처죽인다
보라 교단에 때려눕혀진 저 시체를
벗이여 우리들은 무엇을 무엇을 해야 하는가

'순진무구한 아이들'의 대학살*을
헤롯왕이 명령했다고 한다면

그것은 그대들 속에서도 한 사람의 그리스도가
나타나서 그 아름다운 핏빛에
눈뜨는 것을 무서워하기 때문이라는 것을 알라

스트라스부르의 자식들은 쓰러졌지만
그러나 헛되이 죽지는 않을 것이다
만약에 그들의 붉은 피가
조국의 길가에 다시 꽃으로 피어
그곳에 한 사람의 클레베르⁑가 일어선다면

지금보다 수없이 많은 클레베르들
그것은 백 사람이 되고 천 사람이 되어
이어지고 이어지는 시민 병사들

• 헤롯왕은 어린 그리스도를 죽이려고 수많은 순진무구한 아이들을
  학살했다. 헤롯왕은 여기서 히틀러를 가리킨다.
•• 1792년 프랑스 대혁명에 지원병으로 참가하여 전공을 세웠던
  스트라스부르 출신의 장군

아라공

우리들의 산에 도시에
의용병과 빨치산들

우리들은 함께 가자 스트라스부르로
25년 전의 그날처럼
승리는 우리들의 머리 위에 있다
스트라스부르로 그러나 언제라고 그대들은 말할 것인가
보아다오 부들부들 떠는 프러시아 인들을

스트라스부르 프라하 오슬로
세 개의 수난의 대학이여
보아다오 총을 쏘는 놈들의 모습을
놈들은 이미 알고 있다 도망치는 날이 가까워오고 있음을
패배야말로 놈들의 운명이라는 것을

보아다오 놈들이 자기의 운명을 알고
힘을 잃고 쇠퇴하여 가는 모습을
사형 집행인들이야말로 죄인이 되는 것이다

아라공

놈들에게 전차와 앞잡이가 있다손치더라도
놈들을 쫓아내야 한다 지금이야말로

펜의 영웅들이여 무기를 들어라
스트라스부르를 위해 프랑스를 위해 세계를 위해
저 깊게 울리는 울리는
프랑스의 소리를 조국의 소리를
철십자의 살인자들은 멸망한다

햇살에 빛나는 대성당
독일인들에게 잡혀가면서
그대는 지칠 줄 모르며 헤아린다
순환의 계절을 해와 달을 흐르는 시간을
오 스트라스부르의 대성당

참혹하게 살해된 소녀에 대하여

너희들은 다시 와서 헛되이
야수처럼 지옥을 펼쳐놓을 수도 있을 것이다
총의 개머리판으로 우리들의 문짝을 두들겨 팰 수도 있을
것이다
　　　　독일인들은

그러나 너희들은 할 수 없다 다시 이 아이를 흔들어 깨우는
일은
소녀는 뜨지 못한 채 죽어버렸던 것이다 그 커다란 눈을
그리고 아무도 할 수 없다 죽음보다 강한 저 아름다운 꿈을
　　　　소녀에게서 앗아가는 일은

금방이라도 되살아나 숨 쉴 듯이 그 얼굴을
헝클어진 머리카락 속에 묻고 소녀는 잠잔다
그 조그마한 손 안에 밤을 살며시 쥐어준다
　　　　그녀의 조국을

소녀는 이미 갖고 있지 않다 저 무거운 추억을
흩어져야 할 장미는 깨끗하게 창백해진다

아름답게 아름답게 아름답게 소녀는 잊는다

사는 것을 보는 것을

행복한 사랑은 어디에도 없다

자기의 힘도 나약함도 마음도 인간의 의지依支가 되는 것은
아무것도 없다
사람들이 팔을 벌려 친구를 맞이하며 기뻐할 때
그 그림자는 십자가의 모양을 하고 있는 것이다
행복을 껴안았다고 생각했을 때 사람들은 행복을 깨부순다
인생이란 고통에 찬 무상한 이별이다
행복한 사랑은 어디에도 없다

인생은 다른 운명으로 무장을 해제당한
저 무기를 휴대하지 않는 병사들과 같다
아침에 그들이 일어나도 이미 아무 소용이 없을 것이다
저녁에는 또 할 일이 없고 마음은 방황할 것이다
"이것이 나의 인생이다"라고 속삭이며 눈물을 참는 것이다
행복한 사랑은 어디에도 없다

사랑하는 사람이여 내 가슴을 쥐어뜯는 상처여
나는 그대를 상처 입은 새인 양 껴안고 간다
그런데 모르는 사람들은 내가 지나가는 것을 바라보면서
내가 짠 언어를 내 뒤에서 되풀이했다

아라공

그러나 그 언어는 그대의 커다란 눈과 마주치면 갑자기
퇴색되어버렸다.
　　　　행복한 사랑은 어디에도 없다

살길을 알았을 때는 이미 늦었기에
우리들의 마음은 밤 속에서 일제히 우는 것이다
조그마한 노래 하나를 짓는 데도 불행이 필요한 것이다.
몸짓 하나를 하는 데도 회한이 필요한 것이다
기타 한 줄을 치기 위해서도 흐느낌이 필요한 것이다
　　　　행복한 사랑은 어디에도 없다

고통을 동반하지 않는 사랑은 없다
사람의 마음을 아프게 하지 않는 사랑은 없다
그리고 그대에 대한 사랑도 조국애와 같은 것
눈물로 키워지지 않는 사랑은 없다
　　　　행복한 사랑은 어디에도 없다
　　　　그러나 그것이야말로 우리 두 사람의 사랑인
　　　　것이다

사교계의 노래

클라리지 르롱의 운전사여
조종 인형들의 바보 같은 웃음소리는 갑자기
대대적인 선전의 큰 소란으로 바뀐다
중산모자가 활개를 치고 있는 나라에서는

환하게 빛나는 신문 속에서
절망의 언어유희가
황혼이 장식품에 걸린다
기관총의 리듬으로

여러 가지 문제 감정 고뇌로
그들은 그들의 레이스를 짠다
꽃 속에서 태어난 자들의
타고난 게으름뱅이 생활을 위하여

안일하고 나태한 아름다운 손이
날마다 우아하다고는 할 수 없다
곰이 사는 굴속의 곰들 쪽이
우아함의 점에서는 훨씬 능가하고 있다.

아라공

저 개들의 묘지에서
옛 로망스가 흐느끼며
미미 돌아와주세요라고 로망스가
또 시작되면 미미는 돌아온다

일은 여러 가지로 모습을 바꾼다
도둑놈들의 소굴에서
거래소에서 가치의 천국에서
질서의 갱내坑內 가스가 폭발한다

집집마다의 수상쩍은 그림자는
우리들이 꿈꾸는 창과 낮을 닮고 있다
그들 허위의 가성假聲은
감옥의 메아리를 불러일으킨다

마드레느 교회와
프랑스 하원은
같고 고래의 이빨을 가진
가난뱅이들에게 평화 있어라

피서지의 역에 있는
성장한 사람들에게 축복 있어라
멋진 트렁크를 들고 겨울 스포츠의
눈 속에 있는 영국인들에게 축복 있어라

재봉사와 사람들을 가지고 노는 정치가와
형사와 매음부의 기둥서방과 투기와
맥주 회사와 스에즈와 셸과 리우와
이런 것들이야말로 확실히 자본주의 세계

아라공

나디진스크에서 죽은 27명의 빨치산

아르한젤스크에서 아랄해까지
피투성이 제독 코르차킨은
부하 비적이나 귀족들을 이끌고
우랄의 지배자로 군림했다

부하 대위 비아스무스키는
지금도 역시 왕초였다
많이 죽이고 많이 상처 내어
필시 만족해할 것이다

젊은이도 있고 노인도 있었다
그러나 모두 붉은 빨치산
그중에서도 나디진스크의 27명은
철포를 들고 마구 쏘아댔다

그래서 역사의 화젯거리로
한때의 기분 전환으로
엄청나게 큰 형장이 만들어졌다
아직까지 없었던 듯한

그러나 숨이 끊어지는 최후의 순간에도
노인도 젊은이도 남자도 여자도
한숨 하나 쉬지 않았다
모두가 미래를 응시하고 있었다

27명의 빨치산은
한 사람 또 한 사람 목이 묶여졌다
병사도 농민도 노동자도 있었다
가장 젊은이는 14세였다

최후의 순간에 몸을 떨면서도
기도 따위는 중얼대지 않았다
오 너희들 사형 제조자들
그러나 너희들은 강한 것은 아니다

이미 너희들의 검 위에
일찍이도 피가 녹슬고 있다
묘지가 너희들을 기다리고 있다
탄환이 너희들을 꿈꾸고 있다

아름답게 살았던 27명의 빨치산
그들의 눈은 빛으로 출렁이고 있었다
그들의 머리카락은 언제나처럼
바람에 나부끼며 하늘에 말을 걸고 있었다

목이 묶인 동료들의 부름 소리에
동지들은 일어나 모여들었다
백색 러시아는 타도되었다
그리고 까마귀가 그들을 쪼아먹었다

어둠의 하늘이여 숨 막힐 듯한 시대여 안녕
코르차킨은 당하고 지금은 레닌이다
의기도 양양한 적군 병사들은
거리에서 어린이들에게 말을 건다

병사들은 어린이들에게 말을 건다
기계와 기술을 많이 공부하라고
그러면 어린이들은 눈을 커다랗게 뜬다
푸르고 푸르고 푸르고 푸르고 푸른 눈을

찬가 속의 찬가

나는 그대의 품속에서 반생을 보냈다

태초에 신은 아담의 입에
모든 사물에 이름을 지어줄 언어를 주었다
아담의 혀 위에서 그대의 이름은 잠자코 나를 기다리고
있었다
장미꽃이 피기를 기다리고 있는 겨울처럼

×　　×　　×

나는 언덕 위에 와서
한 마리의 메추라기를 잡은 사내와도 같다
그 행운을 어찌하면 좋담 사내는 모르리라
오 얼마나 부드러운 날개인가
그러나 두근대는 가슴의 이 두려움은 어쩐 일인가

×　　×　　×

나의 입술이 신음하고 있을 때 그대와 꽃다발과 같은 팔은

나의 혼의 주위를 아네모네 꽃밭으로 해주었다

×   ×   ×

그대는 살며시 테라스에서 테라스로
내려온다 달의 걸음으로 나의 밤 속으로

×   ×   ×

나에게 바다 얘기는 하지 마오
그대를 평생 노래해왔던
　　　　나에게
나에게 그대의 어머니 얘기는 하지 마오
그대를 평생 껴안아왔던

　　　　나에게

×   ×   ×

나의 손바닥은 그대 어깨의 향기를 소중하게 간직해왔다

그대의 얼굴은 내 인생의 별하늘이다

×　　×　　×

그대는 내 속을 걸어간다 깊은 음악이여
멀어져가는 그대의 발걸음의 향기가 들려온다

가브리엘 페리의 전설

묘지는 이부리이
그 공동묘지 깊숙한 곳에
달도 뜨지 않고 낯선 어둠 속에
누워 있다 가브리엘 페리가

수난자는 여전히 괴롭히며 나타났다
무덤 속으로부터 살인자들의 마음에
민중의 눈물이 떨어진 성스러운 곳에
수없이 많은 기적이 나타났다

이부이리 묘지에서 그들은 믿고 있었다
다른 희생자들 그 속에서
가브리엘 페리의 숨통을 끊고
범죄를 은폐시켰다고 믿고 있었다

사형 집행인들에게서는 달리 방법이 없었다
한 방울의 붉은 피의 흔적 앞에서
그곳을 지나가는 사람들을 멀리하기 위해
그들은 그곳에 순찰대를 배치했다

아라공

가브리엘 페리를 두려워한 나머지
그런 짓을 단행해도 오는 것이다
고뇌의 씨는 가차없이 오는 것이다
이부이리 묘지 그 근처에

전설적인 사자들이 잠든 곳
그림자는 언제나 울부짖는다
그곳에 아름답게 꽃이 핀다
푸른 수국꽃이 해질 무렵에

그곳 이부리이 묘지에 열린
그 문을 닫아버려도 허사다
밤마다 누군가가 꽃을 바치러 오는 것이다
이리하여 가브리엘 페리는 꽃으로 핀다

침묵 위에 터진 구름 사이에
비가 내릴 때도 태양은 아름답다

그리고 추억의 눈은 푸르다

아라공

저 폭력의 손에 쓰러진 사람에게

아 이부리이 묘지에서
우리들의 불행의 꽃다발은 무겁다
그러나 그 꽃의 빛깔은 가볍다
가브리엘 페리의 마음에 들도록

아 되살아난다 그 꽃잎 속에서
그의 고향의 밝은 색깔이
지중해의 바다색이
그의 뚜롱이 청춘의 색으로

꽃다발은 저 사랑을 고한다
이곳 이부리이 묘지에
가브리엘 페리가 절명했던 새벽에
태어났던 저 사랑을 고한다

헛되이 살인을 반복하는 폭군들이여 알아라
두려워하라 이 빛나는 사자들을

그들은 민중과 그 분노를
타오르게 하는 무서운 술이라는 것을 알아라

놈들은 지워버리려고 기도한다
그러나 이곳 이부리이 묘지에
부는 바람은 지나가는 사람들에게
가브리엘 페리의 이름을 고한다

오 총살자들이여 기억하고 있어라
그날 아침 그가 계속해서 불렀던 노래를
보라 꺼지지 않는 불을
불은 이곳에 묻혀 있지만 다른 곳에서는 타오를 것이다

그는 지금도 노래한다 이부리이 묘지에서
그리고 수없이 많은 새벽이
수없이 많은 가브리엘 페리가
뒤를 잇고 또 잇는 그 소리를

어제처럼 오늘도 또

아라공

살해되어 간다 빛을 나르는 사람은
그러나 계속해서 이어진다 빛을 나르는 사람은
그래서 빛은 변하지 않는다 내일도 또

매정하고 차디찬 대지 밑에서
프랑스를 위하여 지금도 드높이 울린다
가브리엘 페리의 심장은 드높이 울린다
그곳 이부리이 묘지에

죽음이 오는 데에는

죽음이 오는 데에는
거의 일순간도
걸리지 않을 것이다
그러나 마침 그때
알몸의 손이 와서
나의 손을 잡아주었다

그 손은 되돌려주었다
내 손이 잃었던 색깔을
내 손의 진짜의 모습을
다가오는 매일 매달
광활한 여름의
인간들의 사건에로 업무에로

뭐가 뭔지 이유를 알 수 없는 분노에
항상 몸을 떨고 있었던
나에게 나의 생활에
바람과 같은 커다란 목도리를 두르고
나를 가라앉히는 데는

아라공

두 개의 팔이면 족했던 것이다

그렇다 족했던 것이다
다만 하나의 몸짓만으로
잠결에 갑자기 나를 만지는

저 가벼운 동작만으로
내 어깨에 걸린 잠 속의 숨결이나
또는 한 방울의 이슬만으로

밤 속에서 하나의 이마가
내 가슴에 기대며
커다란 두 눈을 뜬다
그러면 이 우주 속의
모든 것이 나에게 보이기 시작한다
황금빛의 보리밭처럼

아름다운 정원의 풀 속에서
그러면 죽어 있는 것과 같았던

나의 마음은 숨을 되찾아

향긋한 향기가 감돈다

상쾌한 그림자 속에서

미래의 노래

인간만이 사랑을 가진 자이기에
자기가 품었던 꿈이 다른 사람의 손으로
자기가 불렀던 노래가 다른 사람의 입술로
자기가 걸었던 길이 다른 사람의 길로
자기의 사랑마저 다른 사람의 팔로 성취되고
자기가 뿌렸던 씨를 다른 사람들이
따게 하도록 사람들은 죽음까지도 불사한다
인간만이 내일을 위해 사는 것이다

자기의 몸을 완전히 잊는 것이야말로 인간의 길이다
인간이란 스스로 기꺼이 나아가는 자이다
다른 사람들이 자기의 술을 마시도록
인간은 언제나 그 몸을 내미는 혼이다
스스로 자기 자신을 극복하는 자가
또 자기 몸의 피를 다른 사람에게 주는 것이다
그 고통의 보상 따위는 추호도 구하지 않고
그리고 왔을 때처럼 빈 몸으로 나가는 것이다

인간은 분골쇄신 힘을 다하고

목표로 했던 만큼 자기를 넘어 나아간다
자기가 이르렀던 하늘에 만족하지 않고
자기가 만들었던 불에 자기를 태우면서
와야 할 아침에 자리를 내주는 밤처럼
사라져가는 자기에게는 마음도 쓰지 않고
자기의 운명과 그 심연 위에
열려진 문을 향해 기뻐하면서

탄광 속에서 또는 조선소 속에서
인간은 오직 미래를 꿈꾸고 있다
장기 두기에서 왕은 궁지에 몰려 있고
이미 이쪽의 말도 잡히고 차도 잃어
완전히 전망도 희망도 상실한 채
다른 장기판 눈금의 다른 왕을 노리며
다른 장기판 위의 다른 졸을 노리며
자기를 자기의 당을 구하러 가는 것이다

살고 살리는 것 중에서 인간만이
미래를 생각해낸다

신조차도 ― 시간은 신에 있어서
영원한 것을 재는 척도가 아니다
또한 척도가 될 수도 없는 것이다
신은 신성하고 불변의 것이기에
인간만이 자기의 그림자를 내려다보며
멀리 전방을 내다보는 한 그루의 나무이다

미래란 죽음에 싸움을
거는 전장이다 이것이야말로
불행으로부터 내가 쟁취한 것이다
이것이야말로 인간의 사상이 한 걸음 한 걸음
좁혀왔던 전진기지이다
이제 최후의 힘을 짜냈던
바다의 거품이 투쟁을 밀고 나아갔던 장소에
끊임없이 밀려왔다 밀려간다 파도처럼

미래란 잡으려고 내밀었던 손에서
그 반대편으로 빠져나가는 것이다 그리하여
밟아 다져진 길의 맞은편에 있는 공간이다

그곳에서 인류로서 승리한 인간은
자기 자신의 동상을 때려부수고
자기가 꿈꾸었던 것 위에 우뚝 서서
물새를 사냥하러 갔던 사냥꾼처럼
쏘아 떨어뜨린 새의 수를 세는 것이다

미래를 생각하면서 나는 취한다
미래는 나의 술잔이다 애인이다
나의 소모기를 뒤바뀌게 한 나라이다
나는 그 비밀을 벗긴다
입술에서 연지를 벗기듯이
미래는 나의 머릿속에서 윙크하고 있다
미래는 나의 자식 나의 획득물이다
관념의 신에게 바친 예찬이다

빈자용의 법률이여 사라져다오
보아다오 지금까지와는 다른 축제일의 나무 열매를
나는 나 자신의 불이 된다
보아다오 갖가지 숫자와 축하의 과자를

아라공

우리들은 모든 방식을 바꾸리라
멋진 내일 어제가 사라져가듯이
계산이 기도를 이기고 그리하여
인간은 바라는 것을 손에 넣는다

여자는 남자의 미래다 여자는 남자의 혼을 장식하는
채색이다
여자는 남자를 활기 있게 해주는 떠들썩하고 우렁찬
소리이다
여자가 없으면 남자는 거칠어질 뿐
나무 열매나 열매 없는 핵에 불과하다
그 입에서는 거친 들바람이 나오고
그 인생은 엉망으로 헝클어지고 황폐해져
그것마저 자기의 손을 때려 부숴버린다

나는 그대에게 말한다 남자는 여자를 위해
태어나고 사랑을 위해 태어나는 것이라고
낡은 세계의 모든 것이 바뀔 것이다

처음에는 생이 다음에는 죽음이 바뀔 것이다
그리하여 모든 것이 분배될 것이다
하얀 방도 피투성이의 입맞춤도
그리하여 부부들과 우리들 세상의 봄이
오렌지 꽃처럼 지상에 흩어져 깔릴 것이다

장미와 물푸레나무

—가브리엘 페리와 에티엔느 돌부에게 또는 기 모케와
  질베르 드루에게

신을 믿는 사람도

믿지 않는 사람도

독일군에게 잡혀갔다 저

아름다운 것을 다 같이 찬양했다

한 사람은 사닥다리를 오르고

한 사람은 땅에 매복했다

신을 믿는 사람도

믿지 않는 사람도

그 발걸음은 빛에 비추어지고 있었다

그 빛의 이름은 묻지 말라

한 사람은 교회로 가려고 한다고

한 사람은 그곳을 피하려 한다고

신을 믿는 사람도

믿지 않는 사람도

다 같이 충실했다

그 입술로 그 심장으로 그 팔로

그리고 다 같이 외쳤다 조국에 영광이었어라

살아남은 자는 볼 것이다라고

신을 믿는 사람도

아라공

믿지 않는 사람도
보리가 싸락눈에 두들겨 맞고 있을 때
불평만 한다는 것은 어리석은 일
공동의 투쟁 그 한가운데서
서로 다툰다는 것은 어리석은 일
신을 믿는 사람도
믿지 않는 사람도
높은 성채 위에서
초병은 때렸다 한 사람 또 한 사람
한 사람은 비틀거리다 쓰러지고
한 사람은 쓰러져 절명한다
신을 믿는 사람도
믿지 않는 사람도
그들은 다 같이 감옥 속
참으로 슬프고 거친 침상
한 사람은 추위에 떨고
한 사람은 쥐들에게 괴롭힘당하고
신을 믿는 사람도
믿지 않는 사람도

반역자는 반역자다

우리들의 탄식은 다만 조종弔鐘

처참한 새벽이 오면

생은 죽음으로 바뀐다

신을 믿는 사람도

믿지 않는 사람도

다 같이 배신하지 않았다

어떤 사람의 이름을 되뇌이며

붉은 그 피는 흐르고 흐른다

똑같은 색으로 똑같이 빛나며

신을 믿는 사람도

믿지 않는 사람도

그 피는 흐르며 교차한다

다 같이 사랑했던 대지 위에서

새로운 계절이 올 때

사향포도의 좋은 열매처럼

신을 믿는 사람도

믿지 않는 사람도

한 사람은 땅을 달리고

아라공

한 사람은 하늘을 난다

브르타뉴에서 쥬라 산맥까지

딸기와 자두

귀뚜라미도 노래하라

말하라 플루트여 첼로여

노고지리를 제비를

장미와 물푸레나무를

다 같이 타올랐던 저 사랑을

거울 앞의 엘자

우리들의 비참한 비극 한가운데서
거울 앞에 앉아서 긴 하루를
그녀는 빗고 있었다 황금의 머리카락을
타오르는 불꽃을 살며시 가라앉히듯이
우리들의 비참한 비극의 한가운데서

거울 앞에 앉아서 긴 하루를
우리들의 비참한 비극 한가운데서
무심코 하프를 뜯 듯이
그녀는 빗고 있었다 황금의 머리카락을
거울 앞에 앉아서 긴 하루를

그녀는 빗고 있었다 황금의 머리카락을
가슴을 도려내는 추억을 더듬듯이
전화戰火 속의 꽃들을 되살려내듯이
거울 앞에 앉아서 긴 하루를
한마디도 없이 다른 여자 같으면 했을 말을

그녀는 가슴을 도려내는 추억을 더듬고 있었다

우리들의 비참한 비극 한가운데서
빗도 빠져버렸다 저 타오르는 불 속에
이 세상은 저주받은 이 거울과도 같았다
불는 내 기억의 구석구석을 비추고 있었다

일주일 속에 배당된 목요일과 같은
우리들의 비참한 비극 한가운데서

그녀는 긴 하루를 추억 앞에 앉아 있었다
그녀는 멀리멀리 거울 속을 응시하고 있었다

한 사람 또 한 사람 쓰러져갔던 영웅들을
저주받은 조국의 뛰어난 자식들을

이제 당신들은 알고 있다 그 사람들의 이름을
저 긴긴 밤마다 타올랐던 불꽃이 의미하는 것을

그녀가 묵묵히 앉아서 황금의 머리카락을
빗고 있을 때의 전화戰火 속의 불기운을

찬가

그들은 대지를 인간에게 되돌려주고 말했다
당신들은 이제 굶주리지 않을 것이다
당신들은 이제 굶주리지 않을 것이다

그들은 하늘을 대지에 던져버리고 말했다
신은 이제 사라질 것이다
신은 이제 사라질 것이다

그들은 대지를 일터로 바꾸고 말했다
기후는 좋아질 것이다
기후는 좋아질 것이다

그들은 대지에 구멍을 파고 말했다
불이 솟구쳐 나올 것이다
불이 솟구쳐 나올 것이다

그들은 대지의 옛 지배자들에 말했다
당신들은 쓰러질 것이다
당신들은 쓰러질 것이다

그들은 대지를 그 손에 넣고 말했다
검은 것은 흰 것으로 될 것이다
검은 것은 흰 것으로 될 것이다

볼셰비키 태양 밑의
대지와 대지에 영광 있어라
볼셰비키에 영광 있어라

아라공

인생은 고통스러운 것이지만
살 만한 가치가 있다

저 행복한 한때나 백열처럼 뜨거운 한낮이나
아마빛의 갈라진 틈이 있는 어둡고 끝이 없는 밤
이들 모든 것을 다 말하지 못하고 언젠가 이 세상에서
내가 없어진다는 것은 역시 불가사의한 일이다

확실히 이 세상을 믿는 것처럼 중요한 것은 없다
나와 똑같은 마음을 가진 사람들이 올 것이다
그들도 풀잎을 애무하고 그대를 사랑하며 속삭이고
석양의 어둠 속에서 소리를 죽이고 꿈을 꿀 것이다

다른 사람들도 나와 마찬가지로 여행을 할 것이다
다른 사람들도 문득 만난 아이들에게 미소를 짓고
그 이름이 불리면 뒤돌아볼 것이다
다른 사람들도 눈을 들고 구름을 볼 것이다

역시 기쁨에 떠는 연인들이 있고
두 사람의 첫 여명이 될 아침이 올 것이다
역시 물이 흐르고 바람이 불고 빛이 떠돌 것이다
지나가는 나그네 말고 아무것도 지나가지 않을 것이다

비록 하늘이 순간적으로 아주 아름답게 보일지라도
그것으로는 아직 뛰어남이 다한 것이 아닌 것처럼
사람들이 그 가슴에 품고 있는 저 죽음에 대한 공포는
진실로 나에게는 잘 이해되지 않는다

그렇다 그것은 거의 짧은 순간에 보일지도 모른다
우리들의 생명은 술잔에서 넘치는 술처럼
넘쳐흘러간다 기쁨과 고통이 되어
바다도 우리들의 갈증을 다 풀어주지는 못한다

그러나 또 비록 가혹한 시대가 온다 할지라도
어쩔 수 없이 척추가 있는 무거운 푸대로 태어나서
고민하고 괴로워하는 마음을 갖고 있다 할지라도
또 입언저리를 비트는 깊은 고뇌가 있다 할지라도

나도 또한 평생 도둑의 지식처럼
저 가슴을 에이는 고뇌를 안고 왔다 할지라도
그 고뇌하는 여우에게 심장을 물어뜯겨
잠 못 이루는 밤, 전쟁, 불의와 부정이 있다 할지라도

아라공

자기가 좋아하는 주의나 자기가 믿고 있는 종교로
다른 사람들을 가둬 넣고 억지로 끌어들이기 위해
다른 사람들에게 강요하는 저 무서운 권모술수나
다른 사람들의 실패를 비웃는다거나 중상하는 일이 있다
하더라도

밑 빠진 우물과도 흡사한 저주받은 날들이 있다 할지라도
증오를 응시하고 있는 저 끝없는 밤이 있다 할지라도
자기가 무엇을 저지르고 있는지조차 모르며
쇠고랑을 휴대한 괴뢰와 적들이 있다 할지라도

수상쩍은 도당을 만든 놈들이 던지는
저 얼토당토않는 잔인함과 너절한 짓거리가 있다 할지라도
우스꽝스런 사상을 지지하며 악담을 퍼뜨리고
여전히 뻔뻔스런 자들이 어떤 혹독한 짓을
고안해낸다더라도

이 지옥의 모든 악몽과 상처와
생이별 사이별死離別과 모욕이 있다 할지라도

그리고 또 바보 같은 신앙을 하늘처럼 떠받들며
사람들이 여지껏 기도하고 희원했던 모든 것에도 불구하고

나는 또한 말하리라 이 인생을 훌륭했다고
나는 이곳에서 말을 걸고 나에게 귀를 기울여줄 사람에게는
입술에는 다만 감사하다는 이 한마디를 떠올리면서
내가 지금까지 말한 것처럼 이 인생은 아름다웠다고

아라공

인민 人民

인민이란 지나치면서 문득 입에 올리는 말이다
입에 올리자마자 사람들은 지나가버린다
그리고 그것은 나무딸기 속의 검은 열매와 같다
사람들은 또한 근심 속에서 그 열매를 따려간다

빙빙 돌아가는 차는 원래대로 있을 수 없다
옷은 또 다른 양재사가 갖고 올 것이다
인민이란 이전에 도미에가 그렸듯이
언제나 덜거덕덜거덕 흔들리는 삼등열차인 것이다

앉기도 하고 서기도 하고 각자가 하찮은 꿈을 꾸며
무릎과 무릎을 맞대면서 고독하게 주위에 정신을 팔지도
않고
어제처럼 오늘도 내일도 똑같은 노래
생기 없는 시선이 희미하게 떠돈다

기차는 가고 인생도 기차도 미미하게 흔들린다
종일토록 혹사당하고 손에 남는 것은 거의 없다
더할 나위 없이 완강한 팔과 못이 박힌 손과 주름 잡힌 얼굴

담배를 피우고 먹고 자고 입는 것이 고작이다

시간표에 맞춰 사람들은 집으로 돌아온다
튀어나온 자갈에 부딪쳐 어깨를 흔들리면서
밤에 그들은 일상의 눈으로 응시하는 것이다
오만가지 생각 바로잡지 않으면 안 되는 이 세상의 악을

그들은 일하기 때문에 몸을 쉬게 하지 않으면 안 된다
그것은 조금도 생각대로는 되지 않는 것이다
그러나 아내는 구두 때문에 기분이 나쁘다
구두는 매일 신는 것이라 갖고 싶어 하는 것도 무리는
아니다

구두를 신고 기분에 들떠 젊은이처럼 밖으로 나간다
마리여 생각해보라 우리들의 젊은 날을
그대는 아직 꼬마아이를 낳기 전의 마리였다
우리들은 서로 사랑했기에 벌이도 좋았던 것이다

모든 것이 질서정연하게 짜임새 좋게 진행된다

아라공

아, 건널목의 가로대가 올라가고 기차가 달려간다
맞은편의 정글이 반짝 눈을 뜬다
모든 것을 체념하고 인민은 집으로 돌아간다

모든 것을 체념한 인민이란 과장된 말이다
길을 걷는 사람을 걸음걸이로 헤아리려는 것과 같다
그것은 재 속의 불을 알지 못하는 것이다
편지를 대충 훑어보고 알맹이가 될 말을 덮어버리는 것이다

신문을 호주머니에 넣고 말없이 서서
팔을 들어 가죽 손잡이에 매달리고 있는 사내
그는 흔해 빠진 샐러리맨이 아니면
또는 철도원 그도 아니면 우편국원일 것이다

이날 저녁 그 사내의 침묵 밑바닥에서 풀리지 않고
가슴속에서 바다처럼 곪고 있는 것은
이윽고 부들부들 목을 떨게 하는 분노로 되고
이마의 푸른 심줄을 부풀게 하지 않을 수 없을 것이다

그 사내가 생각하는 것은 이상하게도 아주 닮고 있는
것이다
　다른 사람들의 머릿속의 저 희미한 박명과
　그들은 아직 모르고 있는 것이다 모두가 발을 맞춰
나아가는 것을
　동료들 중에서 자기들의 지도자를 선출하는 것도

　그러나 산을 흘러내리는 물이 큰 강을 이루듯이
　필요는 그들의 어깨를 밀어주며 가르치는 것이다
　모든 사람이 합류하는 길을 도형장과 같은 노동을 거부하는
길을
　흐름은 앞으로 앞으로 전진하면서 자기의 하상河床을 파는
것이다

　그것은 사람들이 자기의 대사업을 향해 짐을 쌓는 것이다
　자전거를 타듯 허리를 앞으로 쑥 내밀고 타기 시작하는
것이다
　목표를 향해 모든 사람이 머리를 모으는 것이다
　정확하게 계산된 세력이 되고 숨결이 되는 것이다

보아다오 지푸라기 속에서 눈을 뜨는 계절 노동자를
밤도 휴식도 없이 무거운 짐이 운반되어가는 가도를
발밑에서 가슴을 메스껍게 하는 악취 속에서
사탕무를 뽑고 있는 사람들을

곳곳에 가건물의 작업장이 만들어진다
사방팔방에서 노임이 싼 노동자들이 몰려온다
이탈리아인 스페인 사람 모로코인 폴란드인……
야외 경주 선수들처럼 어디에서 온 지도 모르는 사람들이

땀투성이의 인간이 갈대와 함께 타오른다
오 몽드라곤 돈세르 작업장의
곡괭이와 운반차여 흙과 물의 방대한 공중회전이여
대지의 레슬링, 불도저의 회전목마여

노동은 교체되고 교체되며 밤까지 계속된다
밤의 노예 부대를 비추는 탐조등의 빛 속에서 춤추는 모래
먼지
악몽처럼 한 무리에 이어 다른 무리가 이어진다

아라공   **145**

그것은 8분의 3박자로 밀려왔다 밀려가는 바다와 같다

이 인간의 투쟁의 엄청난 장대함
그곳에 인간의 자식은 주사위처럼 내던져진다
사람들의 몸과 힘이 제아무리 녹초가 되더라도
인간의 자식은 여전히 노동하고 착취당하는 것이다

오, 인민이여 그대는 타인을 위하여 생활을 창조한다
그러나 그대의 생명은 손가락 사이에서 물처럼 빠져나간다
그대는 그리스도이면서 동시에 사도들인 것이다
마침내 부활제가 오고 그대의 업적은 찬양받을 것이다

벌써 여명의 빛은 동쪽 하늘을 물들이고 있다
밝아오는 찬 새벽 '그리스도의 무덤' 입구에서
총검을 껴안고 잠자고 있던 병사들은
덮개 천 밑에서 나타나는 '인간'을 보았다

병사들은 꿈이 아닌가 하고 무서워 떨었다
어쩌랴 이미 새벽인 것이다 이미 자유인 것이다

그러나 둔중한 팔로 눈을 가리고 깨어났던 미몽을
본의로 돌리고 다시 아침잠을 자는 체하는 자도 있을
것이다

나의 인민이여 의심 많은 형제들을 불러 깨워
그 마음을 잡고 조직하고 설득해다오
모든 사람이 요구할 권리가 있다 뱃사람은 항구를
탄광 노동자는 푸른 하늘을 농민은 내리쬐는 태양을

나의 인민이여 그대 어머니의 말라비틀어진 손을 잡고
그대 아이들에게 약속한 우아함을 되돌려주오
미래는 그대의 것이다 그것을 강령에라도 써넣어다오
감옥 속에서도 그대의 눈은 승리에 빛나고 있지 않았던가

사람들의 입술도 보리 이삭도 똑같은 노래로 술렁이게 하자
오 해뜰 무렵 군중이 대지를 밟을 때 울리는 소리여
인민들이여 그대들을 지도할 사람을 선출해다오
바른말과 확실한 걸음걸이를 선택해다오

아라공

모든 안나푸르나가 그 눈봉우리로 우뚝 솟아나게 하자
이 모든 꿈이 커다랗게 자라나는 것을 보아다오
이전에 우리들은 노래했다 '당은 그 인민을 지도한다'고
이제 그대 정복자들이여 말해다오 "나의 당이여" 하고

당 그것은 대문자로 씌어진 말이다
'당은 그 인민을 지도한다'는 말을
내가 입에 올리자마자 다른 태양은 개기일식이 되고
또 다른 태양은 내게는 무연한 것이 되는 것이다

말뿐의 사랑이 아닌 사랑

아, 숨이 끊어지는 최후의 순간까지
저 나약한 어둠의 장소에 있다면
사람들은 다만 그림자에 불과할 뿐
어떻게 어떻게 그대로 있을 수 있겠는가
어떻게 사람들을 사랑한다고 말할 수 있을까
그런 가슴을 물어뜯는 고통을 무어라 이름 붙이면 좋을까

저 눈시울을 뜨겁게 하는 손짓이며 몸짓으로
그대가 머리를 땋을 때와 같은 동작으로
내 앞에 나타나주었기에
나는 다시 태어났고 노래가 끓어오르는 세계를
나는 또한 발견할 수 있었던 것이다
엘자여 사랑하는 사람이여 나의 청춘이여

오 포도주처럼 감미롭고 강렬한 그대
창에 쏟아지는 햇살과 같은 그대
그대 덕분에 나는 되찾았던 것이다
이 세계의 사랑을 ― 깊은 갈증과 굶주림으로
다시 살아갈 수 있는 힘을 ― 우리들의 이야기를

그 끝까지 살아서 확인할 수 있는 힘을

마치 기적과 같다 그대와 함께 있는 것이
그대의 빵 위에서 반짝이는 빛은
그대 주위에서 회오리치는 바람은
지금도 그대를 보고 있으면 몸이 떨린다
옛날의 나를 닮았던 젊은이가
최초로 밀회를 할 때처럼

언제까지고 그대에게 익숙해지지 못하더라도
제발 나를 꾸짖지 말아다오
사람들은 불꽃에 익숙해질까 말까 하는
그 순간에 불꽃은 그들은 태워버린다
만약 내가 검은 구름 따위에 친숙해지기라도 한다면
나의 영혼의 눈을 도려내다오

최초로 그대의 입술에 닿았을 때
최초로 그대의 소리를 들었을 때
나무는 그 뿌리까지 흔들렸던 것이다

아라공

쭉 뻗은 가지에서 숲의 꼭대기까지
문득 스쳐가는 그대의 옷에 닿았을 때와
지금도 여전히 최초의 그때와 같다

이 설레는 무거운 과실을 따다오
벌레에 먹힌 그 반쪽을 던져버려다오
헛되이 보내버린 30년과 그 후의 30년
그대는 좋은 부분만을 먹어다오
그대가 물고 먹을 수 있는 정도
그것이 그대에게 내민 나의 인생인 것이다

나의 인생은 시작되는 것이다
그대를 만났던 그 순간부터
그대는 그 팔로 막아주었다
나의 광기가 질주하는 흙탕길을
그리고 나에게 가르쳐주었다
저 인간의 선의만이 씨앗을 뿌리는 나라를

그대의 술은 나의 어지러운 마음에서

오만가지 오열惡熱를 제거해주었다
그리고 나는 크리스마스에 타올랐다
그대 손가락 속의 노간주나무 과실처럼
나는 진실로 그대의 입술에서 태어났다
나의 생활은 그대로부터 시작된다

시법詩法

'오월'의 사자死者들 나의 친구들을 위하여
이제부터는 오직 그들을 위하여

나의 시운詩韻 저 무기 위에서
흐르는 눈물과 같은 매력을 가져주기를

그리고 미친 듯 불어젖히는 바람과 함께
변해가는 살아 있는 사람들을 위하여

나의 노래가 사자死者들의 이름으로
희한의 하얀 칼날을 갈게 해주기를

얽히고설킨 언어들 상처 입은 언어들
그리고 죄인이 울부짖는 듯한 시운詩韻

언어는 시운詩韻은 비극의 한가운데서
물을 치는 노처럼 이중의 반향을 일으킨다

흔해 빠진 언어여 운韻이여 비와 같은

빛나는 유리창과 같은

문득 지나치면서 보는 거울과 같은
방한복 위의 시든 꽃과 같은

바퀴를 돌리며 노는 어린이들 같은
시내에서 반짝거리는 달과 같은

찬장 속의 새삼과 같은
추억 속의 향기와 같은

운韻이여 운韻이여 그곳에서 나는
고동치는 붉은 피의 온기를 듣는다

기억해다오 우리들도 또한
저 사람들처럼 용맹스럽다고

그리고 우리들의 마음이 무너질 때
망각으로부터 우리들을 불러 깨워다오

아라공

텅 빈 등피가 소리를 낸다

꺼진 램프에 불을 붙여다오

나는 노래한다 언제까지라도

'오월'의 사자死者들 나의 친구들 속에서

우리들의 묵시록이 시작되고……

우리들의 묵시록이 시작되고 네 번째의 여름
불가사의한 희미한 빛이 지평선에 나타났다

이제 침침한 일식도 마지막에 가까웠는가
밝은 희망이 감옥의 짚 속에서도 맥박친다

들어다오 밤이 바람에 삐그덕거리는 문과 같이 신음하는
것을
새벽이 살인자들을 새파랗게 하는 것이다

겁먹은 왕후들이 호위를 거느리고 저택으로 돌아간다
피투성이 옷을 썻고 있는 부인이 있는 곳으로

지금까지 그들의 영지 공포의 제국에
봇물이 터지듯 다른 이야기 소리가 흐른다

처음에 살해하기 위해서가 아닌 인간다운 말이
폭군들의 입술을 열게 한다

아라공

그들은 면죄부를 운운하고 정신이 나가 있었다는
오늘도 어딘가에서 아이들이 죽어갈 때에

이제는 사랑의 노래를 감미롭게 속삭여다오
그 위대한 가슴은 부풀어 터진다고 세상에 증언해다오

그러나 분장을 한 도화사의 얼굴 밑에서 참 얼굴은 엿본다
그들 살인자들은 헤아려지고 장부는 닫혀졌던 것이다

그들은 범죄로써 범죄의 구실을 찾으면서
사람들의 신음 소리에 흥분하고 있었던 것이다

이제 우리들은 그들의 말을 위한 여물을 모으는 부대였으나
그들의 전차대나 음산한 처사에도 의연하게 서 있었다

권력은 율법이 되어 정신을 모욕하고 짓밟았다
그들은 자기들의 법률을 거부하는 사람을 미친놈이라
비웃었다

그들의 형이상학에서는 모든 것이 변하기 위해서는
외관의 빛이 만들어지는 것만으로 충분했다

그들의 철학에서는 모든 것이 변하기 위해서는
음악을 약간 바꾸는 것만으로 충분했다

얼마나 기묘한 시대의 기묘한 계절인가
이리가 숲속을 설교하며 돌아다니고 싶다는 격이다

흡사 너덜너덜 찢겨져 솜이 삐져나온 방석이다
누구의 눈에도 그 배와 비밀이 다 보이는 것이다

유럽의 네거리에서 연설을 뽐내고 있는 사람들
그러나 사업의 실패로 인한 절망은 숨겨지지 않는다

박애가의 연미복을 입은 허수아비들도
새벽에는 목매달고 죽은 듯한 시늉을 하고 있다

패배가 그들의 머리 위에 있는데 믿으려 하지도 않고

그들은 꺾인 검을 바람을 향해 휘두른다

그러나 그들을 에워싼 군중은 살아 있는 거울이다
그는 이미 머리가 잘려나간 모습으로 비치고 있는 것이다

헛된 일이다 호언장담으로 사람을 속이려 해도
새벽은 무서운 것이라고 선전해도

헛된 일이다 새삼스레 자비의 장갑을 끼우려 해도
천명을 받고 왔다고 우겨대도

헛된 일이다 무지를 미덕의 반열로 떠받들어도
암흑을 빛이라고 구슬려도

자기의 장례식의 무거운 발걸음을 우리들에게 강요해도
이국의 신들을 우리들의 동상으로 대체하려 해도

비겁하라고 가르치고 노예근성을 고쳐시키려고 해도
도처에서 공포의 바람을 부채질하려 해도

남자를 감옥으로 여자를 과부로 떨어뜨리려고 해도
모든 것을 더럽히고, 쓸모없이 해버리고 욕보이려 해도

헛된 일이다 다시금 헌병에게 명령하려 해도
헛된 일이다 전리품을 안고 잠자려 해도

그들은 자기들의 눈물 색을 숨길 수 없다
틀림없이 밤 다음에는 아침이 온다

새벽은 그 적동赤銅의 손을 쏟으며 태울 것이다
저 암흑의 왕들과 썩은 합창대를

저 가짜 십자군 요괴스럽고 변화무쌍한 사기꾼들로부터
분노에 타오르는 대지는 해방되어야 한다

그들에게는 무서운 것이다 숨 쉬는 모든 것이
요람의 자장가가 여름의 새소리까지가

맥박 치는 심장의 소리에도 겁을 먹고 몸을 숨긴다

모든 것이 도깨비로 쇠고랑으로 유령의 집으로 보이는
것이다

잠 속에서 들은 발걸음 소리도 망보러 오는 것처럼 들린다
도대체 어떤 꿈을 꾸었길래 그리도 잠 못 이루고
뒤척이는가

그들의 추억은 불 속, 마음에는 가시투성이
이번에는 그들 차례다 누군가가 그들의 목을 졸라맬 것이다

누구의 눈에도 보인다 하얀 새에 대해서 말하고 있는
그 지옥의 입구에서 독사가 기어나가는 것이

누구의 눈에도 보인다 그들 뒤에서 순교자들이
엄지손가락을 젖히고 피투성이의 신호를 하고 있는 것이

누구의 눈에도 보인다 배신자들의 어두운 눈 뜸이
태양에 드러나 허둥지둥하는 그 모습이

아라공

누구의 눈에도 보인다 목사가 그들 곁에서 비극적으로
키스를 하도록 십자가를 내미는 모습이

누구의 눈에도 보인다 미래에 가위눌려 떠는 그들의 모습이
누구의 눈에도 보인다 형벌의 차가 그들 위를 구르는 것이

누구의 눈에도 보인다 이들 사형수들의 모습이
그리고 탄환에 관통되어 검은 피를 쏟아내는 것이

그들은 마침내 도래할 판결의 무서운 낙인을
그 살로 태워지고 다시 가릴 수도 없다

로봇들의 이마를 비추는 촛불 속에서
그들은 벌써 모여들고 있는 것이다. 글레방 박물관•을 향해

• 1882년에 만화가 알프레드 글레방에 의해 파리의 몽마르트에 설립된
  납인형의 진열관. 아라공은 이 시집《글레방 박물관》에서 나치
  협력자들을 납인형관으로 가는 로봇으로 통렬하게 풍자하고 있다.

아라공

마야콥스키

블라디미르
블라디미로비치
마야콥스키
Vladimir
Vladimirovich
Mayakovskii

1893. 7. 19. ~
1930. 4. 14.

러시아 혁명과 소비에트 초기의 지도적 시인이다.
15세 때 러시아 사회민주주의 노동당에
입당했으며 전제 정치에 반대하는 반국가
활동으로 여러 번 감옥에 드나들었다.
1909년 독방에 수감되었을 때부터 시를 쓰기
시작했는데 그의 시는 군중을 대상으로 한
연설조로 눈에 띄게 자기주장이 강하고 도전적인
형식과 내용을 지녔다.
1914~1916년에 두 편의 중요한 장시 〈바지를
입은 구름〉〈척추의 플루트〉를 완성했는데 두
작품 모두 짝사랑의 비극과 세상에 대한 시인의
불만을 표현하고 있다.

가장 좋은 시

청중은

     심술궂은 질문을

          던지며

아무렇게나 필기하고는

          나를 애먹인다

"마야콥스키 씨

     읽어주세요

         당신의

시에서

     가장 좋은 것을"

그런 명예를

     어느 작품에게

         줄까

책상에 기대어

     나는 생각한다

이걸 읽어야 할까

         아니면

저걸 읽어야 할까

나는

시의 고물을
                  파헤치고
방청석은
          잠자코
                  기다리고 있을 때
〈북부노동자〉
                  신문의
                          한 기자가
살짝이
      나에게
              귀띔해줬다……
갑자기
      시의 가락에서
                      벗어나
                              나는 외친다
여리고의 나팔• 목청보다도

• 《구약 성서》의 여호수아 제6장 참조.

더 큰 소리로.
"여러분,

　　　　광동의 노동자

　　　　　　　　　　및 군대에 의해

상해

　　함락!"

손바닥에

　　　　　양철을 끼고

　　　　　　　　　문지르기나 한 것처럼

고조되는 고조되는

　　　　　　　　박수의 힘

5분

　　10분

　　　　15분

야로슬라브리가 박수쳤다

마치

　　태풍이 천지를

　　　　　　　　뒤덮고

쳄바렌의

통고를

받아

중국을

엄습한 것과도 같다

그리고 강철의 얼굴들은

상해에서

전투함을

몰아냈다

나는 생각한다

어떤

시적인 수령도

아무리 훌륭한

시인의 명예도

당장의

신문 기사를 못 당한다고

더욱이

이렇게까지

야로슬라브리가

박수를 친다면.

마야콥스키

오 노동자의

　　　　　벌집을 튼튼하게 하는

　　　　　　　　　　　연대감

이처럼

　　　강력한 애정이

　　　　　　　　달리 또 있을까.

박수를 쳐다오, 야로슬라브리 사람들,

　　　　　　　　　　　　제유공도 방적공도

낯설고

　　　그리운

　　　　　중국의 쿠리*에게!

* 힌두어 quli에서 나온 말로 한자로는 苦力. 중국의 하층 노동자를 일컬음.

사랑의 본질에 관한
파리에서 동지 코스트로프에게 띄우는 편지

용서해
　　　　주시오,
　　　　　　　동지 코스트로프
타고난
　　　　넓은 마음으로
　　　　　　　　　파리 여행용의 시
　　　　　　　　　　　　몇 행을
지금부터 나는
　　　　서정시로
　　　　　　　허비하겠소.
생각해보시오,
　　　　모피와 목걸이로
　　　　　　　　　성장한 미인이
거실로 들어왔다고.
나는
　　　그 미인을 붙잡고
　　　　　　　　말했다오.
(내 말이 옳았는지
　　　　　옳지 않았는지?)

　　　　　　　　　　　　　　　　마야콥스키

"아가씨
　　　　나는 러시아에서 왔습니다.
내 나라에서는 꽤 유명한 사내랍니다.
나는 보아왔지요,
　　　　　　　당신보다 늘씬한 아가씨를
나는 보아왔지요,
　　　　　　　멋진 스타일의 아가씨를.
시인 따위야
　　　　　처녀들이 마음대로 골라잡기지요.
나는 영리하고
　　　　　　목소리도 좋기 때문에
혀는 세 치밖에 안 되지만 구변은 달변이랍니다.
하지만 부탁하건대
　　　　　　　경청해주십시오.
나를
　　쓸모없는 놈이라
　　　　　　　　생각마십시오,
스쳐지나가는
　　　　　감정적인 사내라고는

하기야

　　　영원히

　　　　　사랑에 상처받아

휘청거리는 것이 나입니다만.

나는

　　　사랑을

　　　　　결혼으로

　　　　　　　측정하고 싶지 않습니다.

열이 식으면

　　　　　흘러가버리는 사랑.

나는 그러기에

　　　　　교회 따위는

가장

　　　저주합니다(똥이나 처먹어라).

세세한 것은 그만두기로 합시다

전혀 농담이 아닙니다

나는 미인 아가씨

　　　　　　스무 살은 아닙니다

서른을……

조금 넘었을 뿐입니다.

사랑이란

　　　부글부글 끓어오르는

　　　　　　　것도 아니고,

석탄처럼 타오르는

　　　　　것도 아닙니다.

그것은

　　　유방의 산 뒤에서

머리카락의 정글

　　　　　위로 떠오르는 것입니다.

사랑한다는 것은

　　　　　즉

　　　　　　안뜰 깊숙한 곳으로

달려들어가

　　　　칠흑의 밤중까지

자기

　　힘을

　　　만끽하면서

도끼를 번쩍 들어올려

장작을 패는 일.

사랑한다는 것은

불면에 시달린 시트에서

벌떡 일어나

마리아 어쩌고저쩌고 하며

주 예수를 찾는 것이 아니다.

코페르니쿠스를 질투하고

이 녀석을

자기의

연적으로

삼는 것입니다.

우리들의

사랑은

천국도 천막도 아닙니다.

우리들의

사랑은

기적을 울립니다.

심장은

마야콥스키

차디찬 모터가

다시

　작동하기 시작한다고.

당신은

　　모스크바와

　　　　　　교제를 끊었습니다.

세월은

　　거리입니다.

어떻게 하면

　　　당신에게

　　　　　설명할 수 있을까요

이 상태를.

지상에는

　　　별이 하늘까지…….

푸른 하늘에는

　　　　별들이

　　　　　헤일 수 없이 많습니다.

만약에

　시인이 아니었더라면

나는
　　점성가가
　　　　　되고 싶었습니다.
광장은 소란스런 소리를 내고
마차들은 왔다갔다하고
나는 걸으면서
　　　　　쬐그만 수첩에
시를 끄적거립니다.
택시는
　　거리를
　　　　　내달리고
나뒹굴지는 않습니다.
약삭빠른 놈들은
　　　　　　낭패한 얼굴로
'그러고 보니 저 사내 무아지경이군'
이미지나 사상은
　　　　　줄줄이 이어져
지붕에 닿을 정도로
　　　　　꽉 쟁여져 있습니다.

지금 같으면

       곰의 어깨에

날개가 돋아난다 해도 불가사의하지 않습니다.

그러자

    어딘가의

          싸구려 식당에서

이 상태가

      비등하기 시작하고

하나의 언어가

       창에서 별까지

            급상승합니다.

흡사 금빛의 혜성입니다.

그 꼬리가

      하늘의 삼 분의 일에

            엎드려

그 날개를 반짝반짝 빛내며

          타고 있습니다.

이것은 라일락의

      정자에서

두 여인이

　　　　별을

　　　　　바라보기 위해

또는 시력이 약한 사람들이

일어나

　　　끌고

　　　　　끌어당기기 위해

또는

　　꼬리가 번쩍이는 장검으로

적의 머리를

　　　　　어깨에서 베어뜨리기 위해.

심장이

　　　최후의 고동을 칠 때까지

밀회할 때처럼

　　　　　　내내 서서

나는 귀를 기울입니다.

　　　　　　　사랑이 울립니다.

인간의 사랑

　　　단순한 사랑이.

태풍과

       화재와

              홍수가

허둥지둥

       밀려옵니다.

어떤 사람이

          이것을

             제어합니까?

당신이?

       시험해보십시오……"

청춘의 비밀

아니다
>   그런 것은 '청년'이 아니다

숲속의 빈터나
>   보트에 숨어

우적우적
>   와작와작

보드카로
>   양치질을
>   시작한 놈은

아니다
>   그런 것은 '청년'이 아니다

봄의
>   아름다운 밤이면 밤마다

최신 유행의 의상을 걸치고
>   거드름을 피우며

거리를
>   바지의 긴 자락으로
>   쓸고 돌아다닌 놈은

아니다

마야콥스키

그런 것은 '청년'이 아니다

인생의 여명

그 홍조紅潮를

피 속이

근질근질하는데도

소설 따위에 팔아넘긴 놈은.

이런 게

청춘이라고?

아니다!

18세가

되는 것만으로는

아무것도 되지 않는다.

청년이란

싸우는 사람들의

대열에

드문드문 틈이 생겼을 때

모든 어린이들을

대표하여

외치는 사람.

"우리들

　　　　지구의 생활을 다시 만들자!"

'청년'이란

　　　　　싸우는

　　　　　　　국제○○청년동맹에

참가한 사람이

　　　　　부른 이름인 것이다.

노동과 그날그날이

　　　　　　즐거운

　　　　　　　　낙이 되도록

힘쓰는 사람들에게 바치는

　　　　　　선물인 것이다!

취미의 차이에 관한 시

낙타를 쳐다보면서

　　　　　　　　　말이

　　　　　　　　　말했습니다.

"야,

　　무지막지하게

　　　　　　　　큰

　　　　　　　　　잡종말이군"

낙타 쪽에서도

　　　　　　　큰소리로

　　　　　　　　　"도대체 네가 말이냐?!

쓰잘데없는

　　　　　　발육 부진의

　　　　　　　　　낙타 아냐?"

알고 있는 것은

　　　　　　　　하얀 수염의 하느님뿐이었습니다.

이 두 마리는

　　　　　　종류가 다른

　　　　　　　　　동물이다라고.

붉은 모자 이야기

옛날에 옛날에 카데트*가 있었다
카데트는 붉은 모자를 쓰고 있었다

이것 말고 달리 카데트에게는
예나 이제나 아무것도 없다

카데트는 냄새 맡는다 어딘가에서 혁명을
카데트는 곧장 모자를 쓴다

빈둥빈둥 놀고먹는 카데트에게는
그 아버지에 그 할아버지

그런데 일어난 것은 무서운 폭풍
카데트의 모자를 갈기갈기 찢는다

* 러시아 제정 말기의 한 정치 파당인 입헌 민주당의 당원. 우익 기회주의자를
  풍자하고 있는 듯함.

마야콥스키

그러자 카데트는 완전한 빈털터리
혁명의 이리가 카데트를 거머잡는다

이리의 밥이 되면 누구나 알고 계시겠지만
혁명은 카데트를 커프스와 함께 통째로 삼켜버렸다.
여러분 정치를 할 때에는
이 카데트 이야기 잊지 마시압

마천루 단면도

뉴욕의
  거대한 건물을
      하나 들어올려서
그 건물을 자르고
      들여다보자
보이는 것은
      고색창연한
        폐가와 헛간 ―
혁명 전의
      엘레트라든가 코노토프를
          영락없이 닮았다
1층
  보석상의
      불침번
자물쇠가
    셔터의 눈썹에 걸려 있다
회색 옷을 입은
      영화의 주인공
          경찰관들이

타인의 재산을 지키며

                         개처럼

                             엎드려 있다

3층

    사무소들이 잠자고 있다

압지를

        먹고 있는

                노예의 땀

주인의 이름을

            전 세계가

                      잊지 않도록

간판에

        금문자로

                '윌리엄 슈프로트'.

5층

    불어난 슈미즈의

                  수를 세며

노처녀가

        신랑감을 상상한다.

투명 무늬의 자수 장식품
$$\qquad\qquad$$ 가슴께로 치켜올리고
화려한 모피 옷의 겨드랑이 밑을
$$\qquad\qquad\qquad$$ 이따금씩 긁는다.
7층
　가정에
　　　당당하게
　　　　　군림하고
젊어서부터 스포츠로
　　　　　힘을 비축해왔던
신사.
　　　자기 본처의
바람기를 알고는
　　　　　안면에 홍조紅潮
10층
　밀월
　　　잠자고 있는 부부
아담과 이브보다
　　　행복하다

타임지의

　　　광고란을

　　　　　읽는다

'자동차월부판매'.

30층

　　마음이 들뜬

　　　　주주들.

걸신들리듯이

　　　수십 억을 분배한다.

트러스트의 이익은

　　　　'햄 제조.

시카코에서

　　　죽은

　　　　최고 양질의 개고기로'

40층

　　오페레타 프리마돈나의

　　　　　침실 앞

구두쇠로부터 이혼 허가를 따내려고

　　　　　숨을 죽이며

열쇠 구멍으로

　　　　　엿보는

　　　　　　　사립 탐정들.

그 남편은

　　　　침대에서

　　　　　　덮쳐야 한다.

90층에서 졸고 있는

　　　　　　　한가한 화가

여자의 궁둥이를 그리면서

　　　　　　　　생각은 하나

집주인의 딸을

　　　　　어떻게 꼬셔 따먹을까.

집주인에게

　　　　그림을 팔아먹으면

　　　　　　　　일거양득

지붕에서 녹아떨어지는 것은

　　　　　　　　식탁보의 눈.

레스토랑의 꼭대기에서

　　　　　먹는 놈은 정해져 있다.

　　　　　　　　　　　　　　　　마야콥스키

큰 찌꺼기는

　　　　깜둥이 청소부가.

작은 찌꺼기는

　　　　　쥐가.

나는 본다

　　　　증오가 나를 사로잡는다.

석조 건물 정면 뒤에

　　　　　숨었던 자에 대한 증오가.

7천 베르스트* 전방까지

　　　　　　돌진했는데도

도착한 곳은

　　　　7년 전 옛날이다

* 거리의 단위.

회의에 빠진 사람들

밤이 새벽으로 바뀌자마자
매일 나는 목격한다
본부로 가는 사람
위원회로 가는 사람
정치국으로 가는 사람
교육국으로 가는 사람
온갖 관청으로 사람들이 흩어져 간다
건물로 들어가자마자
서류가 비오듯 쏟아지고
50개만을 골라내어
(중요한 것만을!)
온갖 회의로 관리들은 흩어져 간다.

나는 출두하여
"부탁합니다 면회를 허가해주시오,
태곳적부터 출두해오고 있습니다만"
"회의에 나갔습니다. 이반 바누이치 동지는,
테오와 구콘•의 합작 문제로"
나는 계단을 백 개나 돌고 돈다

세상은 무정하다

또다시
"전해드립니다. 한 시간 후에 오십시오.
회의 중입니다.
현 소비조합의
잉크병 구입 건으로"

한 시간 후
남자 비서도
여자 비서도 없다
텅 비었다!
22세 미만인 자는 전원
콤소몰** 회의에 출석 중.

● '테오'는 '정치교육국연극부'의 약칭. '구콘'은 '농무인민위원회
　부속양마장관리국'의 약칭.
●● 공산청년동맹의 약칭.

다시 기어오른다 벌써 밤인데도
7층 빌딩의 맨 위층으로
"돌아오셨습니까 이반 바누이치 동지는?"
"회의 중입니다
가 · 갸 · 거 · 겨 · 고 · 교 · 구 · 규 위원회"
발끈 화통이 터져
회의장으로
나는 쳐들어간다
야만적인 욕설을 퍼부으면서.

그리고 나는 목격한다
인간의 반쪽이 앉아 있는 것을.
오, 무서운 일이다!
나머지 반쪽은 어디에?
"잘려나갔어요!
살해당했어요!"
나는 고함치면서 뛰어다닌다.
무서운 광경에 정신이 돌아버려.
그 참에 들린다

극히 냉정한 비서의 목소리가

"한꺼번에 두 회의에 출석하고 있답니다.

하루에

스무 개 남짓한 회의에

나가야 한답니다

어쩔 수 없이 두 쪽으로 쪼개야지요

허리띠까지는 이쪽으로

나머지는 저쪽으로

울화가 치민 나머지 잠이 오지 않는다

이른 아침

새벽과 함께 내가 기원하는 것은

"오 적어도

또 하나의 회의를 바랍니다

모든 회의의 폐지에 관한 회의를!"

마야콥스키

죠레스[*]

11월
    그러나 사람들은

            더울 정도로 운집해 있다.

나는 서서

        한참 동안

                본다

바로 앞을

        자동차 바퀴를 탄

                수많은 사람들의 덩어리가

삼각의 예식 모자를 쓰고 행진하는 것을.

전쟁에서

        피 묻은 두 손을

                씻고

좋은

- 쟝 죠레스(1859~1914), 프랑스의 정치가, 사회주의자, 국회의원에
  당선되어 사회주의운동을 실천. 드레퓌스 사건 때는 재심파再審派로 활약.
  1904년 〈유마니테〉지를 창간.
  1905년 이후 통일사회당 당수. 제1차 대전에 반대하다가 암살당함.
  1924년 11월에 죠레스의 유해를 팡데옹으로 옮기는 의식이 있었다.

마아콥스키

기회를

　　　　저울에 달아

새로운

　　　거래를

　　　　　꾀하며

놈들은

　　　죠레스를

　　　　　　시세 등락의 저울추로 삼을 참이다.

놈들은

　　　설교한다.

　　　　　　노동자들에게.

　　　　　　　　　　"보라

　　　　　　　　　　　　그도 또한

우리나라의 위인들과

　　　　　　　함께 있다.

죠레스는

　　　진짜 프랑스인이다.

　　　　　　　　　그는 결코

팡데옹을

소란스럽게

　　　　하지 않을 것이다"

준비는 되어 있었다,

　　　　감상적인 문구의

　　　　　　　범람.

의장병

　　2륜마차

　　　얼마나 뛰어난 효과인가!

거기서 움직이지 말라!

　　　　말해보라

　　　　　　네놈들 중 어느 놈이

창에서

　　죠레스를

　　　쏘았느냐.

지금

눈을 떠라

　　노동자 계급!

죠레스 동지

　　그대 자신을

　　　　　　　　　　　　　마야콥스키

두 번 다시
          죽이지 마시오.
  죽여서는 아니되오.
                깃대의 숲을
                      들어올려
사람들을
        하나의
            움직이는
                  함대에
                      용해시킨
살아 있는 천둥
          죠레스는
              옛 그대로
스푸로 거리를
          팡데옹을 향해 전진한다.
그는 살아 있다
              이 날아오르는 절규 속에
깃발 속에
      발걸음 속에

등 속에.

"소비에트 만세! ……

전쟁 반대! ……

자본주의를 타도하라! ……

그러자 즉각

불이 치달리고

타오르고

노래가

입술을

붉게 물들인다.

그리하여 나는 상상한다

또다시

연기 속에서

포수들이

파리의 성채로

전진하고 있다고.

등을

창문에 밀착시키고

보라

마야콥스키

팜플렛에서

　　　　　　뛰어나오는

　　　　　　　　　　　　사자死者들을

그러자 다시

　　　　　　71●년이

페이지가 술렁대자

　　　　　　　　　일어난다,

가슴을

　　　　산처럼

　　　　　　　우뚝 세우고.

그리고 나서 외친다

　　　　　　　　분노의 목소리로.

"어느 놈이냐

　　　　　우리들이

　　　　　　　　17년에●●

●　1871년. 파리 코뮌의 해.
●●　1917년. 러시아 10월 혁명의 해.

프랑스 국민을

　　　　　배신했다고 말하는 놈은?!
거짓말이다
　　　　　프랑스의 노동자들
　　　　　　　　　우리들은 그대들 편이다.
잊어다오
　　　이런
　　　　　너절한 증상은.
모든 바리케이드 위에서
　　　　　　　　우리들은 그대들의 동맹자다.
쿠르조의 노동자
　　　　　르노의 노동자여

법정으로!

둥둥둥 둥둥둥 전쟁의 북소리

철鐵을 부른다, 살이 있는 인간을 무찌르라고

모든 나라에서

노예 또 노예가

총검의 날에 던져진다

무엇을 위해서냐고?

대지가 떤다

굶주려

헐벗고

인류는 피의 증기탕에 넣어졌다

그것도 다만

누군가가

어딘가에서

알바니아를 손에 넣기 위하여

끈에 묶인 인간들의 증오가 뒤엉켜

한 번 내리칠 때마다 세계로 쓰러진다

그것도 다만

돈을 지불하지 않고

보스포러스 해협을

누군가의 배가 통과하기 위하여

머지않아

세계의 늑골은 부러질 것이다

그리고 마음은 질질 끌려 다니고

그리고 짓밟힐 것이다

그것도 다만

누군가가

메소포타미아를

자기 것으로 하기 위해

무슨 이름으로

군화가

대지를 짓밟는가 삐걱거리며 야만적인 군화가?

누군가 전쟁의 상공에 있는 자는

자유가?

신인가?

돈인가?

언제일까 의연하게 일어설 날은

그대

놈들에게 생명을 바치는 그대가?

언제일까 놈들의 얼굴에 질문을 던질 날은
무엇을 위한 전쟁이냐?고.

오월

회고한다
　　　　옛날의
　　　　　　메이데이.
살금살금
　　　　뒷길을
　　　　　　걸으며
곁눈질을 했다,
헌병이 있나 없나
　　　　　　코사크 기병이 있나 없나.
사냥꾼 모자를
　　　　쓴
　　　　　　노동자들
　　　　　　　　손에 펜을 쥐고
마주치자마자
　　　　신호말을 속삭이며
소코리니키 유원지 뒤의
　　　　　　한적한
　　　　　　　　빈터로
　　　　　　　　　　모여들었다,

도둑처럼

       부랑자처럼.

급히

    망을 보았던 사람은

              신뢰할 수 있는 동지들.

황망히

     끝나는

        낮은 목소리의 연설.

품속에서

      적기를

         꺼내고

행진은

     삼삼오오

        우리들과 노동자들과.

나무숲이

     말발굽에

        짓밟히며

"두들겨 패라!

      처죽여라!

채찍이다 채찍이다!"

그러나 우리들

　　　　절망의 울적함에

　　　　　　　지지 않았다.

우리들 뒤에 있는

　　　　　공장의 노동자들을

　　　　　　　　알고 있었기에.

그 순간이

　　　　결속시켰던

　　　　　　　노동자들,

전 세계의

　　　　빈자들을

　　　　　　알고 있었기에.

참수당한

　　　기수旗手도

　　　　　　알고 있었다.

그 피가

　　　최초로

　　　　　뿌려진

씨앗이라는 것을.
머지않아
모여들 사람
수없이 많고
백만의
적기
일어설 것이라는 것을!
S·S·S·R의
무진장한 힘이
긴 세월을
쓰러뜨리기 위해
끓어오를 것이라는 것을.

영국의 노동자들에게

역은 마비되고

          부두는 벙어리다.

경찰서는

          공장장이 하라는 대로이고

모든 활자는

          기절초풍이다.

17년●의

          최초의 날과 같다.

라디오가

        철의 목을 비틀어댔다.

모든 사람이 듣고 있다.

                 듣고 있다

영불해협 건너편의 사건을.

질 것인가.

        항복할 것인가.

               배신할 것인가.

● 러시아 10월 혁명의 해.

마야콥스키

아니면

우리들에게 적기를 흔들 것인가.

나에게는 들린다.

들린다

기관차의 코 고는 소리

병기의 삐걱대는 소리

박차의 울림 소리.

이것은

부두로 진격하는

스트라이크 파괴의 발걸음 소리다.

바다여,

놈들의 얼굴에

태풍을 퍼부어다오!

나에게는 들린다

궁정의

하인들이

오종쪼종

걷는 것이.

혀가 잘 안 돌아가는

볼드윈*에게

맥도날드**가

첼레체리***를 향해 다가갔다.

번개여, 못 박아라

협조주의자의 혀를!

나에게는 들린다

언뜻 우는 소리가 들렸다.

먹을 것이 없다.

마실 것이 없다.

안개여,

파업 노동자의

우유가 돼라!

돌이여,

- 영국 보수당의 정치가, 1924년부터 1929년까지 수상. 26년 탄광 파업을
  탄압. 27년 총파업 금지를 위한 노동조합법을 성립시켰다. 1947년 사망

•• 1924년에 성립한 영국 최초의 노동당 내각의 수상.

••• 제1차 러시아 혁명 때 케렌스키 임시 정부의 대신. 전형적인
  멘셰비키로서 10월 혁명 후 국외로 망명했다.

마야콥스키

모습을 바꿔라

갓 구운 빵으로!

라디오가 꺼졌다.

공중 파업이다.

텅 비었다.

말이 없다.

사위가 고요하다.

지구여,

달리지 마라

지구여,

멈춰라!

지금 잠시만

그대로 있어다오.

협조주의자의 감독으로부터

그대들이

탈출하도록,

가물거리지 않고

그대들이

활활 타오르도록

우리들의 인사를 보낸다.

우리들의 돈을,

우리들의 팔을,

우리들의 마음을.

정치가들의 발뺌은

우리들과

인연이 없다.

볼셰비키에는 은유는 필요 없다.

그대들의 기쁨은

우리들의

기쁨,

고통은

우리들의 고통이다

슬픔이다.

나는 지금

오직

새가 되고 싶다.

런던으로 가고 싶다.

그대들 모두를

5백만 명을

      (나의 과장을 용서해주오!)

와락

  껴안고

    입 맞추고 싶다.

레나

여러분 일어나세요,
　　　　　　　일어나주세요.
흘리지는 마시고요
　　　　　　눈에서 눈물을.
오늘은
　　추모합시다
　　　　　　　15년 전
　　　　　　　　　옛날에
죽은 사람들을.
죄수보다 가혹하고
　　　　　　포로보다 비참하게
엄동설한
　　　이리보다 사납고
　　　　　　　　잔혹한 추위 속에서
값비싼 레나의
　　　　광맥 속에
　　　　　　　살고 있었던
수천의
　　노동자들.

마차와 왕관을 위하여

　　　　　　　금을

　　　　　　　　　판

그 노동자들은

　　　　　　주려

　　　　　　　　헐벗고

페테르부르크에서는

　　　　　　　　남작들이 으스대며

장사가 번창하기를

　　　　　　　기도하며

　　　　　　　　　주권을

　　　　　　　　　　받았다.

썩은 말고기로 보냈던

　　　　　　　　수년간이

짜냈던 것은

　　　　　　단순한

　　　　　　　사상.

"더 이상

　　　　참을 수 없다

파업이다"

무엇을 원했는가

　　　　그 사람들은,

수없이 많은

　　　광부들은.

양배추였다.

　　　　더 나은 고기였다.

8시간의

　　　노동이었다.

석 달이나

　　　질질 끌며

오만가지 수단으로

　　　　　설득하는

사장.

그리고 현지사에게는

군대의

　　　출동을

　　　　　요청했다.

군화가 삐걱대고

얼음이 깨지는 소리.

눈으로

　　　　조용한 들판을

텔레시쳉코의 헌병과

　　　　　　　　　병대들이

현지사 반토이시에

　　　　　　　파견된다.

그리고 나서?

　　　　　그리고 나서

　　　　　　　　노동자가 행진했다.

검거된 사람의

　　　　　　석방을

　　　　　요구하러.

그러자

　　　헌병대의 텔레시쳉코가

　　　　　　　　　"쏴라!" 외치며

장갑 낀 손가락을

　　　　　　추켜올렸다.

이

손가락 뒤에서

　　　　　　　　탄환이 튀어나왔다.

첫 번째

　　　　그리고

　　　　　　　두 번째의 일제 사격

그리고 나서 다시

　　　　　　　　노동자의 이마를

겨냥했다

　　　　헌병의

　　　　　　　손가락이.

아침 일찍

　　　　　커피를 앞에 놓고

기분도 상쾌하게

　　　　　　　헌병은

　　　　　　　　　쓴다.

'부상자 250명

　　　　　　사망자 270명'

헌병이 썼던

　　　　　그 소문은

공장에서 공장으로

             걷기

                  시작했다.

소문은

         부풀어 올라

              사건이 된다

백 번째의

         공장이

             일어난다.

떨린다

        왕관을 쓴 바보들의 대가리

레나 금광 회사의

             주주들.

그리고 탄식은

           절규가 되면서

                 공장을 돌았다.

"그쳐라

        복종의

          산을

짊어지는 것을!"

그리고 이날

좌절의 이날은

전기轉機가 되었다,

복종에서

투쟁으로의 전기로.

레나를 추모하는 마음은

날이 가고

달이 가도

결코

소멸되지 않는다.

그대

승리의

발걸음 소리를

거리의

수많은 포석 위에 내리밟을 때

잊지 마세요

머리 위의

깃발은

레나의 피로

　　　　물들여지고 있다는 것을[*]

- 1912년 4월 4일 시베리아의 레나 광산에서 파업이 일어났을 때
  광산 사무소 측과 교섭하러 갔던 무저항의 광부들에게 헌병 장교가
  발포하여 5백여 명의 사상자를 냈다.

하이네

하인리히 하이네
Heinrich Heine

1797. 12. 13 ~
1856. 2. 17.

사랑과 정치에 대한 풍자시로 유명한 하이네는
독일의 뒤셀도르프에서 유대인으로 태어났다.
1821년 베를린 대학에 등록했지만 공부보다는
문학, 역사, 그리고 헤겔 철학에 심취했다.
그의 초기 시는 《시가집》에서 보이듯 연애를 주요
소재로 다루었으나 1830년 프랑스 7월 혁명 이후
파리에 정착하면서부터 당대 사회 문제에
주의를 기울이기 시작했다.
1843년부터 마르크스를 알게 되었고 그 무렵
독일의 보수 반동적 정치 상황을 통렬히 공격한
장편 풍자시 〈독일 겨울 이야기〉와 당대의
정치시를 풍자한 〈아타 트롤〉 등을 발표했다.
하이네는 마르크스와의 친분을 계속 유지했으나
공산주의에 경도되지 않았다.
그의 세 번째 시집 《로만체로》에서는 인간 조건에
대한 통절한 비탄을 노래하고 있다.

서시 序詩

그대는 자주 볼 것이다
화랑을 지날 때면 창과
방패로 무장하고 싸움터로 나아가는
전사의 모습을 보게 될 것이다

그런데 연애의 신들은
그를 조롱하며 창과 방패를 빼앗는다
아무리 그가 저항을 해도
꽃다발로 그를 휘감아버린다

나도 그처럼 부드러운 장애물의 장애를 받고 있으며
환희와 고뇌가 나 자신을 옭아매게 하고 있다
시대의 격렬한 투쟁 속에서
다른 사람들은 싸우고 있는 때에.

하이네

슐레지엔의 직조공

침침한 눈에는 눈물도 마르고
베틀에 앉아 이빨을 간다
독일이여 우리는 짠다 너의 수의를
세 겹의 저주를 거기에 짜넣는다
　　　　　우리는 짠다 우리는 짠다

첫 번째 저주는 신에게
추위와 굶주림 속에서 우리는 기도했건만
희망도 기대도 허사가 되었다
신은 우리를 조롱하고 우롱하고 바보 취급을 했다
　　　　　우리는 짠다 우리는 짠다

두 번째 저주는 왕에게 부자들의 왕에게
우리들의 비참을 덜어주기는커녕
마지막 한 푼마저 빼앗아 먹고 그는
우리들을 개처럼 쏘아 죽이라 했다
　　　　　우리는 짠다 우리는 짠다

세 번째 저주는 그릇된 조국에게

하이네

오욕과 치욕만이 번창하고
꽃이란 꽃은 피기가 무섭게 꺾이고
부패와 타락 속에서 구더기가 살판을 만나는 곳
　　　　우리는 짠다 우리는 짠다

북이 날고 베틀이 덜거덩거리고
우리는 밤낮으로 부지런히 짠다
낡은 독일이여 우리는 짠다 너의 수의를
세 겹의 저주를 거기에 짜넣는다
　　　　우리는 짠다 우리는 짠다.

게르테른 가에서 태어난
나의 어머니 B 하이네에게

1
나는 언제나 의기도 양양하게 머리를 들고 다닙니다
고집이 세어서 좀체로 남의 말을 듣지 않습니다
설혹 왕이 내 얼굴을 들여다본다 할지라도
아마 나는 눈을 내리깔지는 않을 것입니다

그러나 어머니 솔직하게 말씀드리면
아무리 제가 오만하고 거만하고 불손했어도
다정하고 그리운 당신 곁에 있으면 자꾸만
주저주저해지고 겸허한 생각에 잠기고는 했습니다

나도 모르게 제압하는 힘 그것이 당신의 혼입니까
모든 것에 두루두루 스며들고
환한 하늘로 반짝반짝 떠오르는 것이 당신의 숭고한
혼입니까

2
미칠 듯한 정열 때문에 나는 당신 곁을 떠났습니다
세상 끝까지 가려고 했던 것입니다

하이네

진실한 마음으로 꺼안아줄 사랑
그런 사랑을 찾을 수 있을 것인가 알고 싶었던 것입니다

골목이라는 골목은 다 찾아 돌아다녀 보았습니다
집집마다 문에 두 손을 벌리고
자그마한 사랑이나마 베풀어달라고 구걸했습니다
그러나 받은 것은 다만 조소와 차디찬 증오뿐이었습니다

나는 끊임없이 사랑을 구하며 헤매다녔습니다
그 사랑은 아무리 구해도 찾아지지 않았습니다
지쳐 슬픔에 겨워 집으로 돌아왔던 것입니다

하지만 당신은 기다리고 있다가 저를 맞이해주었습니다
그때 아 당신의 눈에 떠올랐던 것
그것이야말로 내가 오랫동안 찾아 헤매다녔던 아름다운
사랑이었습니다.

독일 겨울 이야기 1

암담한 11월이었다
날은 갈수록 어둑해지고
바람은 나뭇잎을 쥐어뜯고 있었다
나는 그 무렵 독일을 향해 여행하고 있었다

국경에 도착했을 때 나는
가슴이 세차게 뛰는 것을 느꼈다
뿐만 아니라 눈에서는 눈물이
금방 떨어질 것 같았다

그리고 독일어가 내 귀에 들렸을 때
나는 이상야릇한 기분이 들었다
마치 심장이 피를 흘리고 있는 듯한
착각에 빠졌다
작은 소녀가 하프를 뜯으며 노래하고 있었다
정성을 다하여 소녀는 노래했다
음정이 틀린 곳도 있었으나 그러나 나는
소녀의 연주에 깊이 감동했다

하이네

소녀는 노래했다 사랑과 사랑의 고뇌를
헌신과 그리고 재회를
모든 고통이 없어지는
저 높은 천상의 세계에서

소녀는 노래했다 속세에서의 눈물의 계곡을
금세 사라지고 마는 기쁨을
영혼이 영광을 받고
영원히 환희에 도취하는 피안의 세계를

소녀는 노래했다 체념의 노래와
하늘나라의 자장가를
거대한 바보 민중이 울음 울 때
노래 불러 잠재우는 그 자장가를

나는 알고 있다 그 선율 그 가사를
그 작자들도 나는 알고 있다
그들은 남이 없을 때는 술을 마시고
남들 앞에서는 설교했던 것이다 술을

하이네

그러나 벗이여 나는 지으리라
새로운 노래 더 좋은 노래를
우리들은 여기 지상에서
하늘나라를 세우리라

우리들은 지상에서 행복해질 것이다
더 이상 궁핍 때문에 괴로워하지 않을 것이다
열심히 노동하는 자의 손이 획득한 것을
게으름뱅이의 배가 포식하게 해서는 안 된다

만인을 위해서 이 하계에서는
충분한 빵이 만들어질 것이다
장미도 미르테도 아름다움도 쾌락도
그리고 봉봉 과자도 부족함이 없을 것이다

그렇다 콩깍지가 터지는 그 순간부터
봉봉 과자는 만인을 위한 것이다
천국 따위는 천사나

하이네

참새에게나 맡겨두자

죽은 후에 우리들에게 날개가 돋는다면
그때 가서 그들을 방문하자
그리고 천국에서 우리들은 우리들은
그들과 함께 천상의 케이크와 과자를 먹자

새로운 노래 더 좋은 노래!
그것은 피리처럼 바이올린처럼 소리 나리라!
속죄의 노래는 종언을 고하고
조종弔鐘도 침묵하리라

처녀 에우르파는 결혼할 것이다
아름다운 자유의 수호신과
그들은 누워 서로 껴안고
첫 키스의 쾌락을 맛볼 것이다

거기에서는 신부의 축복 따위 없이도

하이네   **235**

결혼의 적법성에 문제가 없을 것이니
신랑 신부에게 그리고
그들 미래의 자식들에게 축하 있을진저!

결혼의 축가 그것이 나의 노래다
더 좋은 노래 새로운 노래다
내 마음에 떠오른다
지고의 신성한 별이

지고의 별 그 무리가 거칠게
불꽃의 강이 되어 타오르며 흩어지고
나는 느낀다 놀랄 만큼 강력해지는 나를
나는 떡갈나무라도 쓰러뜨릴 것 같다

독일의 땅을 내가 밟은 이래
내 온몸에는 마魔의 액체가 소용돌이친다
거인이 다시 어머니와 접하고
새롭게 힘이 용솟음쳤다.

독일 겨울 이야기 6

파가니니에게는 언제나
수호신이 붙어 있었다
어떤 때는 개가 되어 어떤 때는
죽은 게오르그 하리스의 모습을 하고

중대한 사건이 있을 때마다
나폴레옹은 붉은 옷을 걸친 사내를 보았고
소크라테스에게는 데몬이 있었다
이것은 결코 머리가 짜낸 이야기가 아니다

나 자신 가끔 보고는 했다
밤에 책상과 마주하고 있을 때면
등 뒤에서 복면을 한 불청객이
기분 잡치게 서 있는 것을

그 사내는 망토 밑에 뭔가를
숨기고 있었는데 그것이 밖으로 드러나기라도 하면
이상하게 빛났다 도끼!
목 베는 도끼일 거라고 나는 생각했다

그는 땅딸막한 체격에
두 개의 별처럼 빛나는 눈을 가졌다
그는 내가 글 쓰는 데 방해가 되지 않도록
멀리 떨어져 조용히 서 있었다

여러 해 동안 나는 보지 못했다
정체불명의 이 녀석을
그런데 갑자기 여기서 다시 만났던 것이다
퀼른의 조용한 달밤에

내가 생각에 잠겨 거리를 걷고 있었는데
그때 녀석이 내 뒤를 밟고 있는 것을 보았던 것이다
마치 내 그림자처럼 내가 멈추면
그도 멈춰 서 있는 것이었다

뭔가 기다리고 있는 것처럼 그는 서 있었다
그리고 내가 앞으로 발을 떼어놓으면
녀석도 따라 그러는 것이었다 이렇게 하여
우리는 돔 광장의 중앙에까지 왔던 것이다

하이네

나는 더 이상 참지를 못하고 돌아서서
말했다 "여보 말해보오
언제까지 이렇게 나를 따라다닐 셈이오
이 적막한 밤에 말이오?

내가 당신을 만나는 것은 항상 이런 때요
세계 감정이 내 가슴에서 싹트고
정신의 섬광이
내 머리를 관통하는 꼭 이런 때요

당신은 나를 뚫어져라 응시하고 있소
말해보오 망토 밑에
무엇을 숨기고 있는가 이상하게 빛나는 것은 무엇인가
당신은 누구이고 무엇을 하려고 하는가?"

그러자 녀석은 정나미 떨어지게
거기에다가 또 냉랭하게 대답하는 것이었다
"바라건대 액막이하듯 나를 내쫓지 마시오
그리고 과장된 말투는 그만두시고요!

나는 결코 과거의 망령이 아니외다
무덤에서 빠져나온 빗자루도 아니고요
그리고 수사학을 애호하지도 않고
별로 철학적이지도 못하외다

나는 천성이 실천적인 인간입니다.
말이 적고 언제나 조용한 편이지요
하지만 괜찮다면 마음속에 품고 있는 것
그것을 나는 실천합니다 그것을 나는 해치웁니다.

몇 년이 걸리더라도 말입니다
나는 쉬지 않습니다 당신이 생각하는 것 그것이
실현될 때까지
당신은 사고하고 나는 나는 행동합니다

당신은 재판관이고 나는 집행관
노예와 같은 충성으로
당신이 내린 판결을 나는 집행합니다
설령 잘못된 판결일지라도

하이네

옛날에 로마에서는

집정관 앞에 도끼가 놓여져 있었습니다

당신도 당신의 부하Liktor•를 가지고 있습니다

그러나 도끼는 당신의 뒤에서 건네질 것입니다

나는 당신의 부하입니다 언제나

번쩍번쩍 빛나는 목 베는 도끼를 들고 나는

당신의 뒤를 따를 것입니다

나는 실천하는 인간입니다 당신의 사상을"

• Liktor는 고대 로마의 관리로서 그는 항상 도끼를 휴대하고 집정관 앞에 다녔다.

독일 겨울 이야기 7

집에 돌아와서 나는 잠을 잤다 마치
천사에 흔들려 잠이 들 듯이
독일의 침대에서는 정말이지 아늑하게 쉴 수 있다
그것은 새털로 되어 있는 요이기에

아 나는 얼마나 자주 그리워했던가
독일의 침대에서 자보는 쾌적한 기분을
잠 못 이루는 망명지의 밤에
딱딱한 요 위에서 자면서!

새털 담요에서는
잠도 잘 오고 꿈도 좋은 꿈이 꾸어진다
이 침대에서는 독일의 혼도 자유를 느낀다
지상의 모든 사슬에서 해방되어

독일의 혼은 해방되어 비상한다
가장 높은 창공에까지
오 독일의 혼이여 밤의 꿈속에서
그대의 날개는 얼마나 당당하게 펄럭이는가

하이네

그대가 가까이 가면 신들도 창백해진다!
그대가 창공을 날면서
날개를 파닥이면 수많은 별들이
그 빛을 감춘다

프랑스와 러시아는 육지를 차지하고
바다는 영국이 차지하고 그러나
우리 독일은 하늘의 꿈나라에서
확실하게 지배권을 잡는다

그곳에서는 우리들이 헤게모니를 장악하고
그곳에서는 우리들도 사분오열되지 않는다
다른 국민들은
평지의 낮은 땅에서 발전하여 왔지만……

나는 깊은 잠 속에서 꿈을 꾸었다
나는 또 밝은 달빛을 받으며 걷고 있었다
고색창연한 쾰른 시의 종소리도 은은한
거리를 따라

하이네   **243**

그러자 또 내 뒤를
검은 복면을 한 녀석이 따라왔다
나는 몹시 지쳐서 무릎이 꺾일 듯했지만
계속해서 걸었다

우리는 계속해서 걸었다 내 가슴속의 심장은
파열되어 아가리를 벌리고 있었다
그리고 심장의 상처에서는
붉은 핏방울이 뚝뚝 떨어져 내리고 있었다
몇 번이고 나는 그 피에 손가락을 적셔
내가 통과하는 모든 집의 기둥에
피를 칠했다
몇 번이고 몇 번이고 나는 그렇게 했다

이런 식으로 내가 집에
표시를 할 때마다 먼 데서
조종弔鐘 소리가 울려 퍼졌다
슬프게 신음하듯 낮게

하이네

그런데 하늘에서는 달마저 새파래지며
점점 어두워져 가더니
거친 구름이 검은 말처럼 나타나
그를 스치며 내닫는 것이었다

그리고 여전히 내 뒤를 따르는
그 검은 녀석은
도끼를 숨기고 있었는데 아무튼 우리는
꽤 오랫동안 함께 걸었다

이렇게 걷다가 우리는 이윽고
원형 광장에까지 왔다
그곳 입구는 활짝 열려 있었다
그래서 우리는 안으로 들어갔다

터무니없이 큰 홀이 있었는데 그곳은
죽음과 밤과 침묵만이 지배하고 있었고
등에 불이 여기저기 켜져 있었는데
어둠을 뚜렷하게 부각시키고 있었다

나는 한참 동안 기둥들을 따라 걸었다
들리는 것은 녀석의 발걸음 소리뿐이었다
녀석은 여기서도
내가 한 발자국을 떼면 한 발자국 따라오는 것이었다

마침내 우리는 어떤 지점에 이르렀다
그곳에서는 촛불이 타오르고
황금과 보석이 반짝이고 있었다
그곳은 세상의 예배당이었다

성스러운 세 왕은 전에는 언제고
그곳에 말없이 누워 있었는데
아 놀랍게도 그들은 지금
석관石棺 위에 정좌하고 있는 것이었다!

세 개의 해골은 해괴한 모양을 하고 있었는데
누렇게 변색된 처참한 두개골에는
왕관이 얹혀 있었고 앙상하게 뼈만 남은 손은
왕홀을 쥐고 있었다

꼭두각시처럼 해골들은
빠삭빠삭하게 마른 뼈다귀를 움직였는데
그때마다 퀴퀴한 곰팡이 냄새와
가루향 같은 냄새를 풍겼다

게다가 한 해골은 입을 움직이며
연설까지 했다 아주 지루하게
그는 나에게 설명하는 것이었다
왜 내가 자기를 존경해야 하는지를

첫째 이유로는 자기가 사자死者이기 때문이라는 것이고
두 번째로는 자기가 왕이기 때문이라는 것이고
세 번째로는 자기가 성자이기 때문이라는 것이었다 ―
그 어떤 것도 나를 설득하지 못했다

나는 그에게 대꾸해줬다 가소롭다는 듯이
당신의 노력은 허사로 끝날 것이오!
당신의 어느 모로 보나
과거의 것에 속한 존재외다

나가시오 여기서 나가야겠소!
무덤이야말로 당신들의 본래의 거처요
지금은 산 자들이 몰수해야겠소
이 예배당에 있는 전 재산을

미래에는 활달한 기병들이
여기 이 광장에서 야영하게 될 것이오
당신들이 말을 듣지 않으면 강제력을 발동하여
몽둥이로 쫓아내겠으니 그리 아시오!

그렇게 말하고 내가 뒤를 돌아보자
말없이 나를 따랐던 동행자가
무시무시하게 도끼를 드러내고 있었다 —
그는 나의 눈짓을 알아차리고 있었다

그는 가까이 다가가더니 도끼로
그 불쌍한 미신의 해골바가지를
산산조각내고
인정사정 두지 않고 두들겨 패는 것이었다

하이네

그러자 두들겨 패는 격렬한 소리가
소름끼치게 둥근 천장 전체에 울려 퍼지더니
피가 내 가슴에서 솟구쳐 나왔다 그리고
소스라치게 놀란 나는 잠에서 깨어나고 말았다.

독일 겨울 이야기 20

하르부르크에서 함부르크까지 나는
한 시간 동안 마차에서 흔들렸다 벌써 저녁이었다
하늘에서는 별이 나에게 인사를 했고
공기는 온화하고 상쾌했다

내가 어머니 계신 곳에 도착하자
기쁨에 놀라 어머니는 어찌할 바를 몰랐다
"오매 내 새끼야" 소리 지르며
두 손바닥을 마주칠 뿐이었다

"이 자식아 벌써
13년이 되었구나 너를 못 본 지
그래 몹시 시장하겠지
말해봐라 뭣이 먹고 싶냐

집에는 생선과 거위와 고기와
맛있는 오렌지도 있다"
"그러면 어머니 생선과 거위와 고기와
맛있는 오렌지를 갖다주세요"

하이네

내가 왕성한 식욕을 보이자
어머니는 기쁨에 겨워 싱글벙글 웃으며
이것저것 아무렇게나 물었다
어떤 때는 만만찮은 질문도 하고

"그런데 애야 외국에 있을 때도
몸 간수 잘하고 다녔느냐?
며늘아이는 가계도 꾸릴 줄 알고
양말이며 내의를 꿰매주더냐?"

"어머니 생선이 맛있어요
잠자코 먹게 해주세요
까딱하면 뼈가 목구멍에 걸릴 것 같아요
이제 천천히 먹도록 해주세요"

맛있는 생선을 다 먹어치우자
거위가 나왔다
어머니는 또 이것저것 물었다
새중간에 만만찮은 질문도 섞어

"애야 너는 어느 나라가
가장 살기 좋더냐?
여기더냐 프랑스더냐?
어느 나라 국민이 더 훌륭한 것 같으냐"

"어머니 독일 거위는 좋아요
그러나 다져놓은 거위는
프랑스 것이 우리보다 나아요
거기에다가 프랑스에는 더 좋은 소시지가 있어요"

거위가 식탁에서 물러나자
이번에는 오렌지가 나왔다
오렌지는 정말로 맛있었다
전혀 예상 밖이었다

그러나 어머니는 또 묻기 시작했다
아주 신바람이 나서
여러 가지를 물었다 그중에는
가슴을 섬뜩하게 하는 것도 있었다

하이네

"애야 지금은 어떻게 생각하고 있느냐?
여전히 정치를 좋아하는 편이냐?
신념을 가지고 네가 속해 있는 당은
어느 당이냐?"
"오렌지가 좋아요 어머니
과즙이 달콤해서 정말로
맛있게 먹었어요
껍질은 여기다 놓겠어요"

세상사

많이 가진 자는 금방 또
더 많이 갖게 될 것이고
조금밖에 가진 것이 없는 자는
그것마저 빼앗길 것이다

땡전 한 닢 없이 당신이 빈털터리라면
아 그때는 무덤이나 파는 수밖에
이 세상에서 살 권리가 있는 자는
뭔가 가지고 있는 놈들뿐이니까.

하이네

기다려라 다만

내가 친 번개가 너무나도 처연했기 때문에
천둥은 못 칠 것이라고 그대들은 생각하는가!
당치도 않은 소리 이 나에게는
수완도 있다 천둥을 칠 수 있는

그대들은 전율을 금치 못할 것이다
언젠가 형편이 좋은 날이 오면
그때 그들은 듣게 될 것이다 나의 목소리를
우레 같은 언어 청천의 벽력을

그날이 오면 거칠고 드센 폭풍은
수없이 많은 떡갈나무를 찢어발길 것이다
궁전은 부들부들 떨게 되고
성당의 탑은 무너져버릴 것이다.•

• 이 시는 하이네가 마르크스와 교제할 무렵에 쓰였다. 이 시에서
떡갈나무는 봉건 전제 독일의 권위를 상징한다.

변절자에게

아 신성한 청년의 패기
어쩌면 그것이 그렇게도 빨리 순화되어버렸는가
그리고 너는 완전히 열기가 식어
천상의 신과 화해해버렸나

너는 십자가 밑으로 기어들어 갔다
최근 2, 3주 전까지만 해도 네가
짓밟아버리려고 생각하고 있었던
저 경멸해야 할 십자가 밑으로

아 너는 책을 너무 많이 읽었던 것이다
저 슐레겔과 하라와 버커*의 것을
어제까지만 해도 영웅이었던 인간이
오늘 갑자기 배신자가 되어 있구나.

● 슐레겔은 독일 낭만파의 문인. 하라는 역사가. 이들은 가톨릭으로 개종한
반동적 정치가이기도 했다. 버크는 영국의 역사가이며 정치가. 그는
프랑스 혁명을 부정했다.

하이네

신성한 우화를

버려라 신성한 우화를
버려라 경건한 가설을
저주스런 의심일랑
솔직하게 터놓고 풀어버려라

왜 정의로운 자는 십자가의 짐을 짊어지고
가련하게도 피투성이의 다리를 끌고 가는데
약한 녀석은 승리를 뽐내며
당당하게도 말 위에서 째려보고 있는가

이 죄는 어디에 있는가 도대체
우리들의 주는 전지전능하지 않단 말인가
아니면 주 자신이 부정을 저지르고 있단 말인가
아 이 얼마나 한심스러운 일이냐

우리들은 묻는다 계속해서
사람들이 흙덩이를 거머쥐고
우리들의 입을 틀어막을 때까지
자 대답하라 어서.

룸펜 근성

부자를 구슬려 먹는 데는
납작한 아첨이 최고란다
돈이란 게 아마 납작하기 때문이란다
그러니 납작하게 구슬려 먹는 것이다

신성한 황금 송아지 앞에라도 가게 되면
향로를 마음껏 흔들어줘라
쓰레기 속에서도 절하고 똥 속에서도 절해라 그러나
찬양할 때는 어중간하게 하지 말고 극구 찬양해라

금년에는 빵 값이 비싸다
하지만 최고의 아첨은
무료다 한 푼도 들지 않는
주인의 개라도 추켜세워 주고 배터지게 먹어라.

하이네

여자

남녀는 서로 반해 있었다
여자는 독부고 사내는 도둑이었다
사내가 한탕 하고 있는 동안
여자는 침대 속에서 웃고 있었다

밤마다 여자는 사내의 품에 안겼다
음욕과 환락의 날이 계속되었다
사내가 감옥으로 끌려갈 때
여자는 창가에서 웃고 있었다

사내는 쪽지를 보냈다
"면회 와줘 네 얼굴이 보고프니까
매일 네 이름을 부르고 있다"
여자는 머리를 흔들며 웃고 있었다

아침 여섯 시에 사내는 처형되었다
그리고 일곱 시에 공동묘지로 보내졌다
그러나 여덟 시도 못 되어 여자는
붉은 포도주를 들이키며 웃고 있었다.

하이네   **259**

한숨

아 얼마나 불쾌하고 새로운 신앙이냐
놈들이 우리들에게서 신을 빼앗아가면
저주도 없어져버릴 것이다
당치도 않는 소리다

우리들에게는 기도 따위 없어도 좋다
그러나 적과 맞싸우기 위해서는
저주가 없어서는 안 된다
당치도 않는 소리다

우리들에게 신을 남겨둬라
사랑이 아니라 증오하기 위해서다
신이 없으면 저주도 없어지게 된다
당치도 않는 소리다.

하이네

교의 教義

처라 북을 두려워 말고
그리고 키스하라 주보酒保 아줌마에게
그것이 학문의 모든 것이다
그것이 책 속의 깊은 뜻이다

북을 쳐 만인을 일깨워라
기상나팔과 함께 청춘의 힘으로
둥둥 북을 치며 앞으로 나아가라
그것이 학문의 모든 것이다

그것이 헤겔 철학이다
그것이 책 속의 깊은 뜻이다
바보가 아니기에 나는 알고 있다 그것을
나는 뛰어난 고수鼓手이기에.

당나귀 선거

마침내 자유에도 싫증이 난
동물 공화국에서는
오직 한 사람의 절대 지배자가
자기들을 다스려주기를 갈망했다

그래서 갖가지 종류의 동물들이 모여
투표용지로 선거를 하기로 했다
당파심이 맹렬하게 타올랐고
음모가 횡행했다

당나귀당을 좌지우지하는 것은
긴 귀의 원로들이었다
이들은 머리를 장식하고 있었다
흑 적 황색의 휘장으로

소수당으로서 말당이 있었으나
그들은 감히 발언을 하지 못했다
왜냐하면 긴 귀의 원로들이 지르는
격노한 고함 소리가 두려웠던 것이다

그러나 누가 말당의 후보를
추천하자 긴 귀의 원로가
발언을 중단시키고 소리 쳤다
"이 반역자 같은 놈!"

너는 반역자다 너의 몸속에는
당나귀의 피는 한 방울도 흐르지 않는다
너는 당나귀가 아냐 결코 확신하건대
너는 로마 계통의 말일 것이다

아마 너는 얼룩말의 피를 받고 있을 것이다 가죽에는
영락없는 얼룩말의 무늬를 갖고 있으니 말이다
그리고 너의 콧소리에는
아무래도 이집트 헤브라이 사투리가 섞여 있고

설혹 네가 이방인이 아니더라도 기껏해야
차가운 이성을 가진 당나귀에 지나지 않을 것이다
너는 당나귀 특유의 깊은 본성을 모를 거야
너의 귀에 저 신비스런 시편詩篇의 음향이 들릴 리 만무하지

그러나 우리는 저 아름다운 가락에
완전히 심취되는 것이다 그것은
내가 당나귀이기 때문이야
내 꼬리는 터럭 하나하나가 모두 당나귀야

나는 로마 숭배자도 아니고 슬라브주의자도 아냐
나는 나의 선조들처럼
독일의 당나귀로서
용감하고 충직하고 슬기롭단 말이야

우리 선조들은 여자들처럼 장신구에 정신이 팔리거나
파렴치한 험담으로 세월을 보내지 않았어
선조들은 매일처럼 씩씩하게 ─경건하게 ─ 명랑하게 ─
자유롭게
그들의 푸대를 물방앗간으로 운반했던 거야

선조들은 죽은 것이 아냐! 무덤에 있는 것은
다만 그들의 허물뿐이야 그들은
하늘에서 우리를 내려다보시고

만족해하고 계시는 거야

영광에 빛나는 거룩한 당나귀들이여
우리들은 언제나 당신들을 귀감 삼아
의무의 길에서 한 발도
헛딛지 않을 것입니다.

오 얼마나 기쁘냐 내가 당나귀인 것이!
내가 긴 귀를 가진 종족의 자손이라는 것이!
나는 외치고 싶다 소리 높여
나는 당나귀로 태어났다고

나를 낳아준 위대한 당나귀는
독일 계통의 당나귀이다
독일의 당나귀 젖을 먹여
어머니가 나를 키웠다

나는 당나귀다 그러므로 충실하게
나는 옛 조상들처럼 지키리라

옛스런 당나귀의 우둔함과
당나귀다운 혼을

나는 당나귀이기 때문에 여러분에게 권한다
당나귀를 왕으로 선택할 것을
우리들은 당나귀 제국을 건설하자
당나귀만이 명령하는

우리는 모두 당나귀다! 히앵! 히앵!
우리는 결코 말들의 노예가 아니다
꺼져라 말들은! 만세 만세!
당나귀족의 왕 만세!

이렇게 애국자가 말하자 회의장은
당나귀들의 박수갈채로 떠나갈 듯했다
그들은 하나같이 국수주의적으로
발을 구르며 마루를 쳤다

그들은 연설자의 머리를

하이네

떡갈나무 잎으로 화환을 만들어 씌워줬다
긴 귀의 연설자는 말없이 감사하고
너무 기쁜 나머지 꼬리를 흔들어댔다.•

• 당나귀당은 국수주의적인 독일 민족주의를 상징하고 있다. '씩씩하게―
명랑하게―자유롭게'는 1848년 무렵 독일에 유행했던 애국주의적 체육
운동의 구호였다.

경고

그런 책을 출판하다니!
벗이여 이제 자네는 끝장이네!
돈과 명예가 소원이라면
얌전하게 엎드려 있을 일이지

결코 나는 권한 적이 없었네
민중 앞에서 그런 식으로 말하라고는
성직자에 대해서 대군주에 대해서
그런 식으로 말하라고 권한 적이 없었네!

벗이여 이제 자네는 파멸이네
군주들은 긴 칼을 가지고 있네
성직자들은 긴 혀를 가지고 있고
민중들은 긴 귀를 가지고 있다네!

하이네

아타 트롤 5

동굴 속의 자녀들 곁에
울적한 기분으로 드러누운 채
아타 트롤은 침통하게
앞발을 핥으며 중얼거렸다

뭄마여 나의 검은 진주 뭄마여
그대를 나는 삶의 바다에서
낚아 올렸는데 그 바다에서
나는 다시 그대를 놓쳐버렸소

다시 그대를 만날 수는 없을까
무덤의 세계에서만이
그대의 영혼이 지상의 속박에서
해방된 저 세상에서나 만날 수 있을까

아 그 전에 다시 한 번 나는
사랑하는 뭄마와 입맞춤을 하고 싶다
꿀을 바른 것과 같이 달콤한
뭄마의 입술에

다시 한 번 나는
귀엽고 검은 그녀의
독특한 향기를 맡고 싶다
장미향과도 같은 아름다운 향기를!

그런데 아 그녀는
인간이라고 하는 족속들의
만물의 영장이라고 뻐기는 인간 족속들의
사슬에 묶여 고통을 당하고 있지 않은가!

이 인간들 무덤에나 지옥에나 떨어져
저주받을 이 최악의 귀족주의자들은
뻔뻔스럽게도 귀족 티를 내며
동물의 세계를 내려다보며

우리들의 아내와 자식들을 빼앗아가고
우리들을 쇠사슬에 묶어 학대하고
학살할 뿐만 아니라 우리들의 가죽과
몸뚱이까지 매매하고 있는 것이다!

하이네

거기다가 그들은 정당하게 생각하고 있다
그런 범죄 행위를
특히 우리 곰들에 대한 그런 범죄 행위가
인간의 권리라고 지껄이고 있다

인간의 권리! 인간의 권리!
누가 너희들에게 그것을 주었단 말이냐
자연은 결코 그런 짓을 하지 않았다
자연은 비자연적인 짓은 하지 않는다

인간의 권리! 누가 너희들에게
그런 특권을 주었다는 거냐
이성은 절대로 그런 짓을 하지 못 한다
이성은 그렇게 비이성적이지 않는 것이다

인간들 너희들은 뭔가 우리들보다
더 나은 데가 있다는 것인가
너희들이 음식을 끓여 먹고 구워 먹는다 해서?
우리들은 사실 그것을 날것으로 삼키기는 한다

그러나 결과는 마찬가지이다
어떤 음식도 고귀한 음식이란 없는 것이다
고귀한 것 그것은
감정이고 행동인 것이다

인간들 너희들이 학문과
예술을 성공적으로 다룰 줄 안다고
우리들보다 낫다고 할 수 있을까
우리도 바보인 것은 아니다

학식 있는 개도 있지 않는가
상업 고문관처럼 계산에 밝은
말도 있지 않는가 토끼란 놈은
정말이지 탁월하게 북을 치지 않는가

대다수의 해리들은 유체정력학에서
발군의 실력을 발휘하고 있지 않는가
관장灌腸의 발명은
황새들의 덕택이 아닌가

하이네

당나귀는 비평을 쓰고 있지 않는가
원숭이가 연극을 하고 있지 않는가
꼬리 긴 원숭이 바타비아보다
더 위대한 광대가 있는가

꾀꼬리는 노래를 부르고 있지 않는가
프라일리그라트는 시인이 아니란 말인가
누가 그의 동향인 낙타보다
사자에 대해서 더 잘 노래할 수 있는가

무도술舞踏術로 말할 것 같으면 나도
라우메 서법書法의 경지에 이르렀다
도대체 그가 더 잘 쓴다는 건가
곰인 내가 춤추는 것보다

인간들 너희들이 어째서
우리들 동물보다 더 낫다는 건가
확실히 너희들의 머리는 꼿꼿이 서 있다
그러나 그 머릿속에는 천박한 사상이 기다리고 있지 않는가

인간들 너희들의 피부가 미끈미끈하고 반짝반짝 빛난다고
해서
우리들 동물보다 더 낫다는 것인가
그까짓 장점이라면 너희들은
뱀과 다른 점이 무엇인가

두 다리를 가진 인간의 무리들아
나는 알아차렸다 왜 너희들이 바지를 입고 있는가
너희들은 타인의 모피로
너희들의 그 뱀살을 감추고 있는 것이다

아들들아 조심해라
털 없는 저 불구자들을!
딸들아 신뢰하지 말거라
바지를 입은 저 괴물들을!

이제 더는 하지 않겠다
불손한 평등관의 망상에 빠져
우리들 곰이 너희들 인간 족속들에게

하이네

퍼붓는 불평불만은
그러나 나 역시
결국 인간으로서
인간에게 모욕을 주는 그런 어리석은 짓은
다시 더 되풀이하고 싶지 않다

그렇다 나는 인간이다
다른 포유동물보다는 뛰어난
이 선천적인 이점을 나는
절대로 부인하지 않겠다

그리고 다른 동물과의 투쟁에서
나는 최후까지 충실하게 싸우리라
인류를 위해서
천부의 신성한 인간의 권리를 위해서.

하이네

아타 트롤 6

그러나 동물계의 상층에 자리 잡고 있는
우리 인간도 그 하층에서
무슨 일이 벌어지고 있는가를 아는 것은
결코 무익한 일은 아닐 것이다

그렇다 그 하층에 있는
사회의 비참한 영역에서는
동물계의 처참한 영역에서는
곤궁과 오기와 증오가 자라나는 것이다

박물학상으로도 그렇지만
관습법상으로도
수천 년 동안 존속해오고 있는 것이
파렴치하게도 콧방귀 하나로 부인되고 있다

뿐만 아니라 어른들은 젊은이들에게
유해한 이단설을 주입하여
이 지상계의 문화와
인도주의를 위협하고 있다

하이네

"애들아!" 아타 트롤은 울부짖는다
그리고 깔 것도 없는 침대 위에서
몸을 이리 뒤척 저리 뒤척 한다
"애들아 미래는 우리들의 것이다!"

모든 곰이 나와 같으면
나와 같이만 생각하고 있으면
그리하여 만인이 하나로 힘을 합치면
우리는 폭군과 싸워도 이길 것이다

그렇다 멧돼지는
말과 결속을 다지고 코끼리는
긴 코를 형재애로써
씩씩하고 용감한 황소의 뿔을 감아라

그 털의 색깔이야 어떻든
곰과 이리와 산양과 원숭이와 토끼까지도
한날한시에 힘을 합해 싸우면
승리는 우리의 것이 되지 않겠는가

단결 단결이야말로 이 시대의 절실한 요구다
고립분산이 우리를 노예로 만들었다 그러나
단결만 하면 우리들은
폭군들을 타도할 수 있는 것이다

단결이다! 단결이다! 그러면 승리한다
그러면 저 야만적인 독점 지배도 붕괴될 것이다!
그때 가서 우리는
정의의 동물 왕국을 건설하자

헌법에는 신이 창조한 일체의 것은
완전 평등이라고 되어 있다
종파의 차별이나
가죽과 체취體臭의 차별 따위는 없는 것이다

엄격한 평등만이 있을 뿐이다! 당나귀도
그가 어떻게 생겼든 최고의 관직에 취임할 수 있다
그리고 사자라 할지라도 푸대를 짊어지고
물방앗간으로 운반해야 한다

하이네

그러나 개로 말할 것 같으면 그놈은
말할 것도 없이 노예와 같이 남의 집이나 지켜주고 있다
수천 년 동안 그놈은 인간으로부터
개처럼 취급받고 있는 것이다

하지만 우리들의 자유 국가에서는
개에게도 다시 한 번 부여할 것이다
옛부터 내려온 천부의 권리를
그러면 그도 금방 개량될 것이다

뿐이랴! 유대인들도
완전한 시민권을 향유할 것이다
법률상 다른 모든 포유동물과
동등한 지위에 오를 것이다

다만 유대인에게 허가해서는 아니될 것은
시장에서 춤추는 것뿐이다
이 수정안은 내가 제정한 것이다
내 예술에 관계되는 것이어서

왜냐하면 그 종족에게는

양식樣式에 대한 감각이

운동의 엄정한 미에 대한 감각이 결여되어 있기 때문이다

그들은 관객의 취향을 손상시킬 뿐이다."

아타 트롤 10

두 그림자가 한밤중에
미끄러지듯 네 발로 걷고 있다
칙칙하게 무성한 전나무 숲을
거친 말투로 투덜거리면서

그들은 아버지 아타 트롤과
그의 아들 융커 아인호르이다
그들은 숲속의 희미한 데에 있는
피의 돌 곁에 조용히 앉아 있다

"이 돌은" 하고 아타 트롤이 중얼거렸다
"미신이 만연하던 시대에
겔트족의 승려들이 희생양으로
인간을 살해했던 재단이란다

아 얼마나 소름이 끼치는 일이냐!
신을 경배하기 위해 피가 뿌려지다니
그것을 생각하면 나는
등골이 오싹해진다

물론 요즘은 인간들도

개명되어 있어서 그런지

신의 이익을 위해서 무작정

서로 죽이고 살리고 하지는 않는다 —

오늘날의 인간들이 유혈 참사극을 벌이는 것은

환상적인 신앙심 때문도

광신이나 정신 착란 때문도 아니다

오직 사리사욕 때문이다

인간은 너도나도 다투어

지상의 재화를 거머쥐려고 한다

그것은 끝나지 않는 이전투구泥田鬪狗로서

이놈도 저놈도 하나같이 도적놈인 것이다

그렇다 만인을 위한 유산이

이놈저놈의 약탈품으로 되고 있다.

그것을 인간들은 소유권이라 하고

사유 재산이라 하고 있다!

하이네

사유 재산! 소유권!
아 도적질할 권리! 사기 칠 권리!
이런 엉터리 같고 한심스런 책략은
인간이 아니고는 고안해내지 못할 것이다

자연은 결코 사유 재산을 만들어내지 않았다
왜냐하면 우리는 호주머니 없이
이 세상에 태어났다 우리는 누구도
가죽으로 호주머니를 만들지 않는다

우리들은 누구 하나도
몸뚱이의 가죽에 그런 주머니를 달고
태어나지 않았다
도적질한 것을 감추기 위해

미끈미끈한 피조물 인간들만이
남의 털로 그럴싸하게 옷을 해 입고
그럴싸하게 호주머니까지
만들 줄 알고 있는 것이다

하이네

호주머니! 그것은 비자연적이다
마치 소유권과
사유 재산과 같이 —
인간이란 호주머니를 달고 있는 도적놈인 것이다!

나는 인간을 증오한다 격렬하게!
아들아 나는 이 증오를 네게 상속시키고 싶다
여기 이 제단 위에서 선서해라
인간을 영원히 증오한다고!

저 간악한 압제자의
불구대천의 원수가 되라
용서하지 마라 네가 죽는 최후의 그날까지
선서하라 선서하라 여기서 나의 아들아!

아들은 선서했다
그 옛날 한니발처럼
그러자 달이 옛스런 피의 돌과
두 인간 혐오자를 무섭게 비추는 것이었다

훗날에 우리는 알게 될 것이다
이 젊은 곰이 얼마나 충실하게
자기의 선서를 지켰는가를
우리의 칠현금은 그를 새로운 서사시로 찬양할 것이다

이제 우리는 여기서 잠시
아타 트롤과 헤어지자
그러나 얼마 안 있으면 틀림없이 만나게 될 것이다
총알과 함께

인간의 존엄을 모독한 대역죄인!
너의 예심 조서는
이제 끝났다
내일 너는 포승을 받으리라.

유언장

이제 나의 삶도 종막에 가까워졌으니
유언장이라도 써둬야겠다
이래 봬도 나는 기독교인이니
나의 원수에게도 유언해두자

이 존경해 마지않는 도덕군자들인
원수들은 받게 될 것이다 유품으로
나의 모든 질병과 부패와 타락을
육체적인 나의 결함을

나의 그들에게 유증하리라
집게로 옆구리를 꼬집는 산통産痛을
이뇨 질환과 심보 고약한
프러시아 산의 치질을

그들은 또한 갖게 될 것이다 발작적인 나의 경련을
질질 흘리는 침과 관절의 마비와
피골이 상접한 나의 등뼈를
순수하고 아름다운 신의 유산으로서

하이네

유언장에 첨가해두겠다
신은 부디 이 유언을
삼겨주시압
잊어버리지 않도록.

1829년

쾌적하게 내가 피를 흘리고 죽을 수 있도록
고귀하고 광활한 싸움터를 다오!
오 나를 죽게 내버려두지 마오
숨 막히게 답답한 이 잡동사니 세상에서!

그들은 잘도 먹고 그들은 잘도 마시고
두더지 같은 행복을 기뻐하고 있구나
그들의 아량은 너무 너무 커서
흡사 자선냄비의 구멍만하고

주둥아리에 그들은 담배를 물고
두 손은 바지 주머니에 찌르고
소화 기능은 또한 대단하니
자기 자신들 아니면 누가 있어 그들을 소화해내랴!

그들은 전 세계의 향료를 거래하고 있다
그러나 세상이 온통 향료 냄새로 진동해도
사람들은 여전히 공기 속에서
썩은 대구 창자 냄새를 맡고 있다

하이네

오 차라리 나에게 위대한 패륜아를 보여다오
잔학무도하고 거대한 죄악을 보여다오
돈으로 사고팔 수 있는 그놈의 덕성이라든가
도덕이라면 이제 지긋지긋하니까!

하늘을 떠도는 구름아 나를 데려가다오
제아무리 먼 곳도 상관하지 않겠으니!
라플란드든 아프리카든 포메른이든—
데려가다오! 데려가만 다오!

오 데려가다오 나를—저놈들은 대꾸도 않네—
하늘을 날으는 구름은 영리하기도 하지 참으로!
도시 위를 가로질러 지나가면서
겁이 나는지 도망치듯 날아가거든.[•]

• 부르주아 사회의 본질은 부패와 타락이다. 노동하는 절대 다수의 근로
  대중은 빈곤으로 허덕이지만 근로 대중의 고혈을 빨아 거대한 부를
  축적한 극소수의 자본가들은 노동과는 먼 생활을 하기 때문에 타락하고
  부패하게 된다. 노동과 먼 생활, 즉 게으름뱅이의 생활이야말로 부패와
  타락과 악덕과 죄악의 근원인 것이다.

한때의 괴테 추종자에게

당신은 진실로 빠져나와 있습니까
한때 당신을 사로잡은 적이 있었던
바이마르의 현명한 노시인의
무위와 냉담의 분위기에서?

더 이상 당신은 만족하지 않습니까
그의 작중 인물 클레헨과 그레첸에
당신은 멀어질 수 있습니까
세틀로의 순결한 처녀와 오틸리엔의 친화력으로부터?

이제는 미뇽과도 결별하고
오직 독일에게만 봉사할 수 있습니까?
필리네 곁에서 찾았던 것보다도
더 큰 자유를 당신은 갈구하고 있습니까?

뉘른베르크의 시민으로서 당신은
민중의 권력을 위해 싸우고 있습니다.
대담무쌍한 언어로 당신은
야만적인 폭군들의 동맹을 약화시키고 있습니다

하이네

멀리 떨어져 있지만 나는 기쁨에 들떠 있습니다.
당신에 대한 찬사로 사람들의 가슴이 충만해 있음을 보고
당신이야말로 뉘른베르크의 광야에서
미라보와 같은 투사라는 소리를 듣고!•

• 클레헨, 그레첸, 미뇽, 오틸리엔, 필리네 등은 괴테의 작품에 나오는
인물이다. 하이네는 〈경향〉이라는 시에서도 로테와 베르테르의 감상적인
사랑을 비판적으로 노래하고 있다.

크리스찬 S에게 보내는 벽화풍의 소네트

1
나는 덩달아 춤추지 않는다 나는 우상 따위에게 향료를
피우지 않는다
그놈 겉보기에는 금인 것 같지만 속은 모래이다
나는 악수도 하지 않는다 악당들이 손을 내밀어 와도
놈들은 몰래 내 이름을 갈기갈기 찢어버리려고 하는 것이다

나는 은근한 창녀 앞에서 허리를 구부리지 않는다
그들은 뻔뻔스럽게도 자기들의 치욕을 과시까지 한다
나는 함께 끌지 않는다 천민들이
우상의 천박한 승리의 수레를 끌어당길 때

나는 잘 알고 있다 떡갈나무는 넘어질지 모르나
강가의 갈대는 바람과 폭풍우에 휘어지기는 해도
여전히 서 있다는 것을

그러나 말하라 이 갈대°는 어떻게 되었는가 마침내
멋쟁이 신사에게 시중드는 지팡이의 행복과 무엇이 다른가
하인에게 봉사하는 옷털이의 행복과 무엇이 다른가.

하이네

2
가면은 저리 가다오 지금 나는
건달패로 변장하고 있으니 화려하게 변장하고
사람들의 눈을 끄는 무뢰배들이
나를 보고 고상한 사람들 중의 한 사람이라고 생각하지
않도록

고상한 말투나 도의道義랑은 저리 가다오
나는 천박한 무리들 식으로 행동하면서
쓸개 빠진 게으름뱅이들이 존경해 마지않고 있는
모든 아름다운 정신의 섬광을 부정해줄 터이니까

그리고 나는 대가장무도회에서 춤추리라
독일의 기사와 승려와 왕들에 둘러싸여
도깨비 역으로부터는 인사를 받고 두세 사람에게는 들통 날
것이다

- 갈대는 지팡이나 옷 먼지털이로 사용된다.

그들은 하나같이 목검으로 나를 두들길 것이다
그러나 이것은 농담인 것이 가면을 벗으면
놈들은 치켜들었던 손을 내릴 수밖에 없을 것이기에.

3
나는 웃어주리라 염소 상판을 하고 핼끔핼끔 나를 보고
있는
저 얼빠진 악취미의 멋쟁이들을
나는 웃어주리라 허기진 배를 움켜쥐고
음험하게 나를 냄새 맡으며 쳐다보고 있는 여우들을

나는 웃어주리라 고상한 정신계의 심판자인 양
거만을 떨고 있는 해박한 지식의 원숭이들을
나는 웃어주리라 독물에 담근 무기로 나를 위협하는
비열한 악한들을

왜냐하면 행복의 일곱 가지 도구들이
운명의 손에 깨부서져
우리들의 발밑에 던져질지라도

왜냐하면 심장이 몸속에서 파열되고
파열되어 갈기갈기 찢어질지라도
아름답고 새된 웃음은 남기 때문이다.

8
그대는 잘 알고 있을 것이오 내가 저 너절한 무리들과
멋이나 부릴 줄 아는 고양이들과 안경을 걸친 삽살개들과
싸웠던 일을
놈들은 기회만 있으면 내 체면을 더럽히려 했고
어떻게 해서든지 나를 파멸시키려 했던 것이오

그대는 잘 알고 있을 것이오 현학자들이 어떻게 나를
조롱거리로 삼았는가를
방울 달린 모자를 쓴 놈들이 어떻게 내 가까이서 방울을
울리고
어떻게 독사들이 내 심장을 물어뜯었는가를
그대는 알고 있을 것이오 수없이 많은 상처에서 나의 피가
솟구쳐 올랐다는 것도

그러나 그대는 탑처럼 의연하게 서 있어주었소
그대의 머리는 내게 있어서 이를테면 폭풍 속의 등대였소
그대의 성실한 마음은 내게 있어서 좋은 등대였소

그 항구의 주위에 성난 파도가 소용돌이치고 있지만
그리고 몇 척의 배만이 그곳에 안착할 수 있지만
그 항구에 있으면 나는 안심하고 잠들 수 있다오.

9
울고 싶다 그러나 나는 그럴 수 없다
의연하게 가슴을 펴고 싶다
그러나 나는 그렇게도 할 수 없다 땅바닥에 붙어 있는
가증스런 벌레들에게 호통을 맞고 경멸을 당할 수밖에 없다

아름다운 애인을 나의 밝은 생의 빛을
방방곡곡에 떠돌게 하고 싶다

행복의 감미로운 그 숨결 속에서 살고 싶다
그러나 그렇게 할 수 없다 나의 병든 마음은 찢어진다

찢어진 나의 심장에서 뜨거운 피가
흐르는 것을 느낀다 힘이 쇠잔해지는 것을 느낀다
눈앞이 어두워지고 갈수록 캄캄해진다

남 몰래 부들부들 떨면서 나는 그리워한다
저 안개의 나라를 조용한 그림자가
부드러운 팔로 애처로이 나를 안아주는 나라를.

그들은 나를

그들은 나를 이해하지 못했다
나도 그들을 이해하지 못했다
서로가 곧 이해했던 것은
다만 수렁 속에서 같이 있을 때뿐이었다

하이네

유랑의 쥐

쥐에는 두 종류가 있네
배고픈 쥐와 배부른 쥐와
배부른 놈들은 집에서 느긋하게 삶을 즐기지만
배고픈 녀석들은 여기저기 유랑 생활을 하네

녀석들은 떠돌아다니네 수천 마일을
휴식도 없이 여가도 없이
녀석들은 쏘다니네 죽기 아니면 살기로
바람과 폭우에도 꺾이지 않고

녀석들은 잘도 산을 기어오르기도 하고
바다에서는 헤엄도 잘 치네
물에 빠져 죽기도 하고 목이 부러지기도 하네
산 놈은 죽은 놈을 내버려두고 가네

이 괴상한 녀석들은
무시무시한 콧수염을 달고 있네
그리고 머리를 깎았는데
아주 과격하게 아주 극단적으로 깎아 세웠네

이 과격한 도당들은
신 따위는 내 알 바 아니어서
새끼들에게는 세례도 못 받게 하고
여자들은 공유 재산으로 하자네

육욕적인 이 쥐떼들은
그저 먹어대고 마셔댈 뿐이네
먹고 마시고 할 뿐
불멸의 영혼 따위는 생각지도 않네

이렇게 사나운 쥐들은
지옥도 고양이도 무서워하지 않네
토지도 없고 돈도 없으니
세계를 새로 나눠 가졌으면 하네

오 맙소사 유랑의 쥐들!
녀석들은 벌써 가까이에 와 있구나
더욱 가까이 접근해오면서 휘파람까지 부는 구나
그 수는 대군단이구나

오 맙소사 이제 우리는 파멸이다
그들은 벌써 성문 앞까지 와 있네!
시장도 원로원 의원도
머리를 흔들어댈 뿐 속수무책이네

시민들은 무기를 거머쥐고
성직자들은 종을 울리고
도덕 국가의 담보물인
소유권마저 위험에 처해 있네

종소리도 성직자의 기도 소리도
천하 명문인 원로원 의원의 포고문도
백 파운드나 되는 대포도
소용없네 기껏해야 새 발의 피네

소용이 없네 낡아빠진
웅변술의 언어 조작도
삼단논법의 화술도 쥐를 잡지 못하네
녀석들은 그 따위 궤변쯤은 뛰어넘어 버리네

굶주린 창자가 필요로 하는 것은
고기 만두가 들어 있는 수프의 논리일 뿐이네
괴팅겐의 소시지를 곁들인
불고기의 논증일 뿐이네

이 과격한 무리들에게는
키케로 이래의 모든 웅변가보다도
미라보와 같은 웅변가보다도
버터에 끓여 말이 없어진 건대구가 기분을 돋워준다네.•

● 이 시에는 하이네의 설익은 공산주의 사상이 담겨 있다. 천박하기까지
한 데도 있고 공산주의에 대한 오해도 있다. '여자들은 공유 재산으로
하자네'가 그것이다. 하지만 과학적 사회주의가 아직 확립되어 있지도 않고
유물론도 아직 기계론적이고 속류적인 단계에 있었던 당시로서는 어쩔 수
없었지 않았나 하는 생각도 든다.

하이네

중국의 황제

나의 부친은 풍류를 모르는 벽창호로서
정신이 말짱한 위선자였다
그러나 나는 화주를 마시는
위대한 황제이시다

마법의 술이여! 그대를 마시면 나는
사색의 기분에 잠기게 되고
화주를 한 잔 들이키기만 하면
중국 천지가 꽃으로 만발한다

그리고 중화 제국은 일변하여
꽃의 목장으로 화하고
나로 말할 것 같으면 대장부가 되어
황후로 하여금 임신케 하리라

제국 처처에는 정기가 넘쳐흘러
병자들은 건강을 되찾을 것이고
어용학자 공자는
원만한 사상을 고안해낼 것이다

병졸들이 먹는 맛없고 딱딱한 빵도
편도扁桃가 든 과자로 바뀔 것이며 — 오 즐거워라!
제국의 모든 부랑아들은 명주와
비단옷을 걸치고 산보하게 될 것이다

뿐만 아니라 고관대작들과
노쇠하여 머리가 벗겨진 대머리들도
다시 청춘의 기력을 되찾아
변발을 흔들어댈 것이며

신앙의 상징이요 아성인
거대한 탑도 완공되어 그곳에서는
최후의 유대인들도 세례가 내려지고
교룡蛟龍훈장을 받게 될 것이다

혁명 정신은 고개를 숙이게 되고
만족의 귀족들은 외칠 것이다
우리들에게 헌법 따위는 필요 없습니다.
우리들에게 필요한 것은 채찍과 곤봉입니다

의신醫神의 문하생들은

짐에게 금주를 진언하고 있으나

그러나 나는 마시리라 화주를

종묘사직의 안녕을 위해서

자 부어라 화주를 한 잔 더!

마치 진짜 감로주와도 같도다!

짐의 백성은 행복하다 비록 미쳐는 있어도

그들은 만세까지 부르리라 폐하 만세!•

• 중국의 황제는, 즉위 초에는 계몽 군주로 자처했으나 결국 반동화했던 독일 황제 빌헬름 4세를 지칭한다. 공자는 프로이센의 궁정 철학자가 되었던 셸링를 풍자하는 것이다.

하이네

밤에 나는 생각한다

밤에 독일을 생각하면
나는 잠이 오지 않는다
아무리 눈을 감으려 해도 감기지 않고
뜨거운 눈물만 흘러내린다

세월은 왔다가는 가고
어머니를 보지 못한 지
벌써 12년이나 되었다
그리움과 동경만 더해간다

그리움과 동경만이 더해간다
갈피를 못 잡고 나는 늘
늙으신 어머니 생각만 한다
신이여 어머니를 보살펴주소서!

어머니는 나를 한없이 사랑하고 있다
편지를 보면 알 수 있다 당신의 손이
얼마나 떨리고 당신의 가슴은
얼마나 쓰라렸는지를

하이네

어머니는 내 가슴에 머물고 있다
12년이란 긴 세월이 흘러갔다
12년이란 긴 세월이 흘러가버렸다
내가 어머니 품을 떠난 이래

독일은 영원히 존재한다
정말로 강건한 나라다
그 떡갈나무와 보리수나무를
언제 다시 보게 될까

거기에 어머니만 계시지 않는다면
이토록 나는 독일을 그리워하지 않으리라
조국은 멸망하지 않을 것이다
그러나 어머니는 돌아가실지도 모른다

내가 조국을 떠난 이후
참으로 많은 사람이 죽었다
사랑했던 사람들 ― 그 수를 헤아리면
내 영혼에서는 피가 흐를 것이다

하이네

그러나 헤아리지 않을 수도 없다 — 그 수를 헤아리면

고통만 더해 가고 시체가

내 가슴 위에서 뒹구는 것만 같지만 —

아 그러나 고맙기도 해라! 그들이 물러가주니

아 그러나 고맙기도 해라 창문으로

프랑스의 밝은 햇살이 쏟아지고

아침처럼 아름다운 내 님이 와서

독일에 대한 근심을 웃음으로 날려버렸으니

하이네

경향

독일의 시인이여 노래하고 찬양하라
독일의 자유를 그대의 노래야말로
우리들의 마음을 사로잡아 고무시키고
우리들을 행동으로 나아가게 한다
마르세유 찬가처럼

로테 한 사람에게 가슴을 태웠던
베르테르처럼은 이제 탄식하지 말아라
종을 어떻게 울릴 것인가 그것을 그대는
민중에게 고하지 않으면 안 된다
비수를 말하라 검을 말하라!

이제 감상에 젖은 피리 소리일랑 그만둬라
목가적인 기분도 집어치우고 ―
조국의 나팔이 되거라
캐논포가 되고 박격포가 되거라
불어라 울려 퍼져라 우르렁 쾅쾅거려라 죽여라!

불어라 울려 퍼져라 우르렁 쾅쾅거려라 매일처럼

최후의 압제자가 도망칠 때까지—
노래하라 오직 이 방향으로만
그러나 명심하라 그대의 시가
만인에게 통하도록 가능한 한.

하이네

찬가

나는 검이다 나는 불꽃이다

나는 어둠 속에서 그대들을 비췄다 전투가 개시되었을 때
나는 나아가 싸웠다 최전선에서

내 주위 여기저기에 동지들의 시체가 누워 있다 그러나
우리들은 싸웠다 승리했다 그러나 여기저기 사방에 동지들의
시체가 있다 환호하는 승리의 노랫소리에 섞여 죽음을
애도하는 합창이 울려 퍼진다 그러나 우리들에게는 기뻐해야
할 여유도 슬퍼해야 할 여유도 없다 다시 트럼펫 소리가 울려
퍼지고 새로운 전투가 시작된다

나는 검이다 나는 불꽃이다.

공포 시대의 추억

우리들 읍장 및 의원들은
읍을 대표하여
이후와 같은 포고를
충직한 읍민 제위에게 발한다

우리들 사이에 혁명 정신을 부식하는 자는
주로 외국인들이다
이러한 범죄자가 우리 동포들 가운데서
거의 나오지 않음은 다행한 일이다

그들은 대저 무신론자인 바
신에 등을 돌린 자는
종내에는 당국에도
등을 돌리기에 이른다

정부에 순종한다는 것은
유대교인 및 기독교인에게 있어서 제일의 의무이다
기독교인 및 유대교인이여
각자는 일몰과 함께 가게 문을 닫으라

하이네

세 사람이 운집하면
해산해야 하고
밤에는 아무도 등에 불을 켜지 말 것이며
거리에 나오는 것을 금한다

각인은 그 무기를
동업 조합에 제출해야 하고
어떤 종류의 군수품도
동소同所에 보관할 것

가두에서 불평을 하는 자는
즉각 총살형에 처하고
불만의 태도를 보이는 자도
마찬가지로 엄벌에 처한다

충성스럽고 현명한 조치에 따라
공순하게 국가를 보호하는
당국을 신뢰하고
읍민 제위는 항시 묵묵히 따르기를.

3월 이후의 미헬•

내가 알고 있는 한
독일의 미헬은 게으름뱅이었다
나는 생각했다 3월에 그는 용감해져서
이제는 훨씬 분별 있게 행동할 것이라고

군주들 앞에서 그는
얼마나 당당하게 금발의 머리를 치켜들었던가!
금지된 말 고매한 반역자에 대해서
그는 어떻게 말했던가

그 음향은 하도 달콤해서
흡사 동화와도 같은 전설처럼 내 귀를 울렸다
나는 느꼈다 마치 나어린 바보처럼
내 마음이 고동치는 것을

• 이 시는 하이네 만년의 유작으로 '3월'은 1848년 독일의 3월 혁명을, '미헬'은
독일인의 별명으로서 민중을 나타낸다.

그러나 흑 적 황색의 깃발•

낡아빠진 독일의 누더기가

다시 나타났을 때 그때 나의 꿈과

달콤한 동화의 경이로움도 사라져버렸다

나는 알고 있었다 이 깃발의 색이 보이는

전조를

이것은 독일의 자유에

최악의 인고를 초래할 것이다

나는 금방 알아보았다 아른트, 얀 신부••를 ―

시대에 뒤떨어진 영웅들이

무덤에서 다시 나와

황제를 위해 싸우는 것을

• '흑 적 황'은 3월에 인가된 독일 국기의 색이기도 하고 당시 애국적인
   학생 조합의 기치이기도 했으나 하이네는 반동적인 중세의 부활이라 해서
   배격하고 있다.

•• '아른트'는 독일 낭만파의 시인이고 '얀 신부'는 쇄국주의자다.

내 청년 시절에
학생 조합의 성원들은
남김없이 황제에게 열렬했다
그들이 술에 취해 있었을 때에

나는 보았다 음흉한 족속들
외교관과 성직자들이
로마법*의 늙은 시신侍臣들이
공동의 신전에서 일하는 것을

그동안 참을성 강하고 선량한 미헬은 코를 골며 자기
시작했다
그러다가 다시 잠에서 깨어났다
34명의 군주**의 보호하에서.

---

* '로마법'은 반민주주의 입법을 상징한 것이다.
** '34명의 군주'는 당시 소국으로 분열된 독일의 나라들이다.

어디가

어디가 피곤한 나그네의
마지막 거처가 될까
남국의 야자나무 그늘일까
라인 강변의 보리수나무 밑일까

나는 낯설은 사람의 손으로
묻히는 것은 아닐까 사막 같은 데에
아니면 해변의 모래 속에서
잠드는 것은 아닐까

아무래도 좋다 그곳이 어디건
하늘이 나를 에워싸고 밤에는
별이 등불을 켜고
내 위를 비출 것이다.

노예선

1

선하船荷 주인 민에르 반 케이크가
선실에 앉아 계산하고 있다
화물의 총액과
확실한 이익금을 계산해보고 있다

"고무는 좋고 후추도 괜찮고
3백 자루에 3백 통이라
사금도 있고 상아도 있고―
그러나 더 귀중한 것은 검은 상품이다

6백 개의 깜둥이를 헐값으로
세네갈강에서 입수했는데
근육이 단단하고 다리도 튼튼한 것이
영락없이 최고급 철로 만든 주물鑄物 같거든

이쪽에서 내가 대신 지불한 것은
화주와 가짜 진주에다 철구鐵具니까
놈들이 반수만 살아남아 준대도

거기서 나올 이익이 8백 퍼센트

리우 데 자네이루 항구에 도착할 때
깜둥이 3백 마리만 살아준다면
곤잘레스 페레이로 상사에서
마리당 1백 두카텐은 지불해주겠지"

그때 갑자기 민에르 반 케이크의
검은 속셈이 중단되었다
선의船醫 반 데르 스미센 박사가
들어왔기 때문이다

그는 피골이 상접한 꼬락서니에다
코는 온통 붉은 사마귀투성이다
"선의선생" 반 케이크가 부른다
"내 귀여운 깜둥이들의 상태는 어떻소"

박사는 머리를 조아리며 질문에 답했다
"예 그렇잖아도 그걸 보고 드리려고 왔습니다

아무래도 오늘밤엔 놈들의 사망률이
꽤 높아질 것 같습니다

하루에 평균 둘이 죽었는데
오늘은 일곱이나 죽었습니다.
남성이 넷에 여성이 셋 손해는
벌써 장부에 기입해놓았습니다만

시체는 제가 철저히 검시했습니다
이 망할 것들이 죽은 시늉까지 하니까요
때로는 교활한 놈들이 있어가지고
바다로 뛰어들려 하기까지 합니다

깜둥이가 죽으면 언제나와 같이
시체에서 철구를 벗겨내고
바다에 내던져버립니다
이른 아침에

그러면 곧 파도 속에서

거대한 상어 떼가 솟아나옵니다
놈들은 깜둥이 고기를 대단히 좋아합니다
기숙사 생도들과 같은 놈들이라고나 할까요

상어란 놈들은 우리가 해안을 떠난 이후
줄곧 배의 뒤를 따라왔습니다
이 동물은 게걸스럽게 코를 그르렁거리면서
시체 냄새를 맡아내는 것이었습니다

놈들이 시체를 물어뜯는 것을 보면
참으로 익살맞은 데가 있습니다
머리를 뜯어먹는 놈 다리를 무는 놈이 있는가 하면
늘어진 귀를 물어뜯는 놈도 있습니다

남김없이 뜯어먹으면 만족한 듯
뱃전 주위를 빙빙 돌면서
물끄러미 나를 쳐다봅니다 마치
아침밥을 잘 먹어서 고맙다는 듯이"

그러나 한숨을 내쉬며 반 케이크는
이야기를 중단시키고 물었다 "어떻게 하면
이 화를 막을 수 있을까? 어떻게 해야
사망률의 증가를 줄일 수 있을까?"

박사가 대답했다 "책임은
대체로 죽은 깜둥이들 편에 있습니다
놈들의 불결한 숨결이 선창船艙의 공기를
온통 부패하게 만들고 있습니다

그리고 또 우울증 때문에 죽는 놈도 많이 있는데
지루하기가 가히 살인적인 모양입니다
그래서 약간의 공기에 음악과 댄스가 있으면
저절로 병이 나을 것입니다"

그러자 반 케이크가 외쳤다 "묘안이야!
역시 나의 선의船醫야 당신은
알렉산더 대왕의 선생이었던
아리스토텔레스와 같이 영리하단 말이야

하이네

델프트에 소재한 튤립 개량회의 회장도
어지간히 영리하다고 하지만
그러나 당신한테 비하면
어림 반 푼도 없을 거야

음악을! 음악을! 깜둥이들로 하여금
여기 갑판에 나와서 춤을 추게 해요
춤에 흥겨워하지 않는 놈들은
채찍으로 마구 때려주라고"

2
멀리 푸른 하늘의 장막에서
수없이 많은 별이 빛나고 있다
크고 영리한 처녀의 눈이 그리움으로
아름답게 빛나고 있는 것처럼

별은 바다를 내려다보고
인광燐光을 발산하며 보랏빛으로 물든
바다의 일대를 파도는

색정적으로 연정을 하소연하고 있다

노예선에는 돛 하나 나부끼지 않고
나른하게 축 늘어져 있다
그러나 현등舷燈이 가물거리는 갑판에는
댄스곡으로 요란스럽다

키잡이는 바이올린을 켜고
요리사는 피리를 불어대고 거기에다가
곱사가 북을 치면
박사는 트럼펫을 불어젖힌다

백 명 남짓한 남녀 깜둥이가
환호성을 지르며 뛰어다니고 미친 듯 돌고 돈다
그때마다 수갑과 차꼬가
박자에 맞춰 철거덕거리고

광란의 환희로 그들은 마룻장을 찬다
그리고 수많은 검은 미인들이

격정적으로 나체의 사내들을 껴안고
목이 메어 한참 동안 흐느껴 운다

향락의 총지휘자 파수꾼은
채찍을 위아래로 후려치며
맥 빠지게 춤을 추는 자가 있으면
자극을 주어 흥을 돋우게 한다

얼씨구 둥 둥 둥 절씨구 빠 빠 빠
이 거대한 소란이 심해에서
정신없이 자고 있던
바다 세계의 괴물을 유혹했다

잠에 취한 눈으로 수백 마리의
상어가 헤엄쳐 나왔다
그들은 배를 올려다보고 눈이 휘둥그래지더니
얼이 빠진 채 입을 떡 벌리고 있었다

아직 아침밥을 먹을 시간이 아닌데도

상어 떼는 커다란 입을 벌리고
하품부터 했다 턱에는
톱니의 날처럼 이빨이 나와 있었다

얼시구 둥 둥 둥 절시구 빠 빠 빠
끝없이 춤은 이어졌다
더는 참을 수가 없었던지 상어 떼는
자기들의 꼬리를 물어뜯었다

그들은 음악을 좋아하지 않는 모양이었다
그런 족속들이 대부분 그런 것처럼
"마음을 놓지 말아라 음악을 좋아하지 않는 짐승에게!"라고
알비옹의 대시인은 말했다

얼시구 빠 빠 빠 절시구 둥 둥 둥
춤은 끝없이 이어지고 있었다
민에르 반 케이크는 앞돛대에 서서
두 손을 모으고 기도를 했다

하이네

"오 주여 원컨대 그리스도를 위하여

저 검은 죄인들을 살려주소서!

저것들이 당신을 노하게 하고 있으나

잘 아시고 계시듯이 소처럼 우매한 놈들입니다

원컨대 저들의 생명을 구해주소서

우리 모든 인간을 위해 십자가를 짊어지신 그리스도여!

저 3백 개의 상품이 살아남지 않으면

내 장사는 망쳐버리고 맙니다."•

• 자본 축적기의 자본주의의 부패와 타락과 착취, 그리고 지배 계급을
위해 존재해왔던 기독교의 위선을 풍자하고 있다. '알비옹의 대시인'은
셰익스피어를 지칭하고 있다.

결사적決死的인 보초병

삼십 년 동안 나는
자유를 위한 결사전의 최전선을 충실하게 지켜왔다
나는 승리할 가망이 없는 줄 알면서도 싸웠다
무사히 귀국하리라고는 꿈에도 생각하지 않고

나는 한숨도 자지 않고 밤이고 낮이고 보초를 섰다
막사 안의 동료들처럼 잘 수가 없었다
(내가 잠깐 눈을 붙이려고 할 때면 그때마다
저 용사들의 높게 코 고는 소리 때문에 깨어나곤 했다)

그와 같은 밤이면 가끔 나를 엄습해오는 것이 있었다
지루함과 공포가(두려움을 모르는 자는 저능아뿐이다)
지루함이나 공포를 쫓아버리기 위해 나는 읊조리곤 했다
풍자시의 대담한 리듬을 소리 내어

그렇다 나는 한 손에 총을 들고 경계하며
뭔가 수상쩍은 놈이 접근하기라도 하면
겨냥을 하고는 그놈의 배때기에
부글부글 끓어오르는 뜨거운 탄환을 쏘아 넣었다

하이네

물론 때로 이와 같은 첩자들에게도
나처럼 사격의 명수가 없는 것은 아니었다
아 무엇을 숨기랴 내가 입은 상처가
크게 입을 벌리고 피를 흘렸던 것이다

보초가 넘어지고 상처가 입을 열고
누군가가 쓰러지면 다른 사람이 온다
그러나 나는 쓰러지지만 굴복하지는 않는다
나의 심장은 파괴되어도 나의 무기는 꺾이지 않는다.

눈물의 계곡

밤바람이 하늘의 창에서 쌩쌩 불어온다
다락방의 침대는 누워 있다
바싹 여윈 창백한 얼굴들
가련한 두 연인들이

사내가 애처롭게 속삭인다
나를 꼭 껴안아줘요
키스도 해주고 언제까지라도
그대 체온으로 따뜻해지고 싶어요

여자가 애처롭게 속삭인다
당신의 눈을 쳐다보고 있으면
불행도 굶주림도 추위도
이 세상 모든 고통도 사라져요

둘이는 수없이 키스도 하고 한없이 울기도 하고
한숨을 쉬며 손을 움켜잡기도 하고
웃으며 노래까지 했다
그리고 이윽고 잠잠해져버렸다

다음날 아침 경찰이 왔다
훌륭한 검시의檢屍醫를 대동하고
검시의는 두 사람이
죽어 있음을 확인했다

검시의의 설명에 의하면
혹독한 추위와 공복
이 두 가지가 겹쳐서 두 사람이 죽었다는 것이다
적어도 죽음을 재촉한 원인이라는 것이다

검시의는 의견을 첨부했다
엄동설한이 오면 무엇보다도 먼저
모포로 몸을 따뜻하게 해야 한다
동시에 영양을 충분하게 섭취해야 한다.•

• 얼어 죽고 싶어서 얼어 죽는 사람은 없을 것이다. 굶어 죽고 싶어서 굶어 죽는
  사람도 없을 것이다. 의사는 죽음의 사회적인 원인을 모르는 것이다. 아니
  모르는 것이 아니라 알려고 하지 않는 것이다. 환자가 많아지고 그래서 많은
  돈을 버는 것, 이것이 자본주의 사회의 의사가 가지는 직업의식인 것이다.

가정의 원만을 위하여

대저 여자란 이와 같나니
가려워도 긁어서는 아니 될 이와 같나니
따끔하게 톡 쏘아대도
이러니저러니 대꾸해서도 안 된다

그들은 교활하게 웃음 지으며
잠자리에서 복수를 하기 때문이다
당신이 막 껴안으려는 바로 그 찰나에
휙 돌아 등을 돌려버림으로써

하이네

나는 천국을 믿지 않는다

나는 천국을 믿지 않는다
아무리 목사가 지껄여대도
나는 너의 두 눈만을 믿는다
너의 눈이야말로 천국의 빛이니까

나는 하느님을 믿지 않는다
아무리 목사가 지껄여대도
나는 너의 마음만을 믿는다
달리 나의 신은 없으니까

나는 악마도 믿지 않는다
지옥도 지옥의 고통도 믿지 않는다
믿는 것은 너의 두 눈과
매정한 너의 마음뿐이다

이 바위 위에

이 바위 위에 우리는 세우리라
새로운 교회를
제3의 새로운 성서의 교회를
고뇌는 이미 끝났다

우리를 오랫동안 괴롭혀왔던
영육이원론은 죽었다
어리석은 육체의 가책은
이제 끝장이 나버렸다

들리지 않는가 어둠의 바다에서 들려오는 신의 소리가
수천의 소리로 신은 말을 걸어오고 있다
보이지 않는가 우리들의 머리 위에서
무수히 빛나는 신의 빛이

성스러운 신 그 신은 빛 속에도 있고
어둠 속에도 있다
존재하는 모든 것이 신이다
신은 우리들의 입맞춤 속에도 있다

하이네

천사

나는 불신의 토마스이기 때문에
물론 천국 따위는 믿지 않습니다
로마나 예루살렘의
종지宗旨가 약속한 것 따위는

그러나 천사가 있으리라는 것은
한 번도 의심한 적이 없습니다
조금도 나무랄 데 없는 빛의 자식들이
이 지상에서 걸어 다니고 있음을

그렇다고 그 천사들에게
날개 따위가 있는 것은 아닙니다
있는 것은 날개 없는 천사입니다
이 눈으로 나는 보고 있습니다

그 하얀 손으로 상냥하게
그 맑은 눈으로 부드럽게
인간을 보호해주고 있습니다
재앙을 피하도록 해주고 있습니다

사랑과 은총을 쏟아

그 천사는 만인을 위로해주지만

특히 이 이중의 고뇌를 짊어진

시인된 자를 더욱 잘 위무해줍니다

천국의 낙토에도

천국의 낙토에도
서방정토의 옥토에도 나의 마음은 끌리지 않는다
그곳에서는 이런 아름다운 여자가 없다
이 지상에서 내가 이미 발견한 것과 같은

아무리 우아한 날개의 천사도
처를 대신할 수는 없다
구름 위에 앉아 찬미가를 부르는 것으로는
기분 전환이 되지 않을 것이다

오 주여 이 세상에 저를 남겨주십시오
그것이 기중 나으리라 생각하나이다
다만 그에 앞서 나의 병을 낫게 해주시고
또 얼마큼의 돈도 배려해주십시오

이 세상이 죄악과 악덕으로
가득 차 있다는 것은 백번 천번 인정한다
하지만 눈물의 골짜기를 가로질러 포도鋪道를 헤매이는
데는 이제 완전히 익숙해졌다

하이네   **337**

나는 거의 외출을 하지 않고 있으므로
세상의 소란에는 초연하다
잠옷을 입고 슬리퍼를 신고
처 있는 곳으로 가고 싶다

아 마누라 곁에 있고 싶다 말소리를 듣는 것만으로도
내 마음은 아름다운 목소리의
음악에 넋을 잃는다
오 그녀 눈동자의 시원함이여 순수여

주여 나는 오직 건강과 돈이 필요합니다
아 아무쪼록 지금 이대로
처와 함께 더욱더 즐겁게
하루하루를 보내도록 해주십시오

하이네

척탄병擲彈兵

프랑스로 돌아가던 두 척탄병
그들은 러시아에서 포로가 되었다
겨우 그들이 독일의 병영에 이르렀을 때
그들은 힘없이 고개를 떨구었다

그곳에서 그들은 슬픈 소식을 들었던 것이다
프랑스군의 패배와
대군단의 패주와
그리고 황제마저 황제마저 잡혀갔다는 것을

두 척탄병은 서로 부둥켜안고 울었다
이 슬픈 소식을 듣고
한 병사가 말했다 "아 이 얼마나 애통할 노릇이냐
묵은 상처가 되살아나는구나"

다른 병사가 말했다 "이제 끝장이다
너와 함께 죽어버리고 싶다
그러나 집에는 처자가 있고
내가 없으면 그들은 죽고 말 것이다"

하이네

"아내와 자식들이 뭐 그리 소중하냐!
나에게는 더 큰 희망이 있다
처자식이 굶주리게 된다면 걸식을 하도록 내버려둬라
황제가 우리 황제가 잡혀갔다지 않느냐

들어다오 형제여 부탁이 하나 있다
나는 당장 죽게 될지도 모른다 죽게 되면
나의 시체를 프랑스로 가져가
조국의 땅에 나를 묻어다오

붉은 리본이 달린 십자 훈장을
내 심장 가까이에 놓아주고
내 손에는 총을 쥐어다오
허리에는 검을 채워주고

그러면 나는 무덤 속에 누워
보초처럼 숨죽이고 귀를 기울이리라
이윽고 천지를 뒤흔드는 대포 소리와
울부짖는 말발굽 소리가 들릴 때까지

하이네

그리하여 나의 황제가 무덤 위를 달리고
무수한 창검이 철걱이며 빛날 때
무장한 나는 무덤에서 나와
황제 우리 황제를 보호하리라!"

인생 항로

웃음과 노래 반짝이며 흔들리는
햇살 파도는 환희의
배를 흔들고 나와 친구들은
내 배에 탔으니 유쾌했다

배는 난파당해 산산조각이 났다
친구들은 헤엄치기가 서툴러
조국의 바다에 잠겨버렸고
폭풍은 나를 밀어 올렸다 센강 변에

나는 새로운 동지들과
새로운 배에 탔다
이국의 파도는 나를 이곳저곳으로 데리고 다녔다
아 먼 고향 괴로운 내 마음

하이네

다시 또 노래와 웃음

바람이 울부짖고 뱃전이 삐그덕거린다

하늘에는 최후의 별마저 사라진다

아 괴로운 마음 먼 고향[*]

[*] 이 시는 하이네가 덴마크의 동화 작가 안데르센에게 바친 작품이다.
1831년 이후 망명지 파리에 체재하고 있던 하이네가 망향의 감정에 젖어
있으면서도 인민해방을 위해 싸우고 있는 동지들과의 공동 행동을 선언한
일종의 사회시라 할 수 있다.

고백

희미한 저녁이 다가오고
파도는 갈수록 거세어진다
나는 갯가에 앉아
춤추는 하얀 파도를 보고 있었다
나의 가슴은 바다처럼 끓어올라
절절한 향수에 사로잡힌다
오 그대 사랑하는 이여
그대의 모습은 어데서고 떠오른다
어데서고 나를 부른다
어데서고 어데서고
바람의 술렁거림에 바다의 수런거림에
그리고 내 가슴속의 탄식에

가냘픈 갈대로 나는 모래 위에 표시했다
'아그네스 그대를 사랑한다'
그러나 심술쟁이 파도가 와서
이 달콤한 고백의 글씨를 적시자
흔적도 없이 지워져버렸다

하이네

갈대여 모래여 파도여 산산이 부서져라
부서지는 것이여 이 얼마나 무상하냐
하늘은 갈수록 어두워지고 마음은 더욱 설레인다
지금 나는 손으로 힘껏
노르웨이 숲에서 가장 높은 전나무를 뽑아
에트나산의 끓어오르는 분화구에 그것을 넣어
불에 달군 거대한 연필로 삼아
어둠의 하늘에 쓰리라
'아그네스 그대를 사랑한다'

그렇게 하면 불멸의 불의 글씨는
밤마다 커다란 하늘에 빛날 것이다
미래의 사람들이 환호하며
하늘의 이 글자를 읽을 것이다
'아그네스 그대를 사랑한다'

순결한 삶, 불꽃같은 언어

지난 1994년 2월 16일 오전 8시 서대문에 있는 경기대학교
노천극장에서는 김남주 시인의 영결식이 거행되고 있었다. 꽤
쌀쌀한 날씨였는데도 수백 명의 조문객이 모여들어 나이 50을
못 채운 시인의 때 이른 죽음을 애도했다. 애끓는 조사와 구슬픈
조가가 이어지는 동안 나는 앞뒤에 선 몇몇 젊은이들이 볼에
흘러내리는 눈물을 애써 닦으려고도 하지 않는 모습을 곁눈질로
보면서 참으로 깊은 감동을 받았다. 김남주, 그가 누구였기에
저 젊은이들이 이 싸늘한 새벽에 저토록 울고 있는가. 그들이
개인적으로 김남주의 인척이거나 가까운 후배가 아님은 분명해
보였다. 어쩌면 그들은 생전의 김남주와 말 한마디 나누어본 적이
없었을지 모른다. 그럼에도 불구하고 그들은 김남주의 죽음에서
참기 어려운 애통함, 메울 길 없는 상실감, 자신의 삶의 가장

소중한 일부가 소멸되는 고통을 느끼고 있는 듯했다.

다들 아는 바와 같이 1969년 대입검정고시를 거쳐 전남대학교 영문과에 입학한 뒤부터 1994년 2월 13일 감기지 않는 눈을 감고 세상을 떠나기까지의 김남주의 삶은 두 개의 기둥으로 이루어져 있다. 하나는 그 자신의 말을 빌려 '혁명적 민주주의자'로서의 투쟁적 삶이고, 다른 하나는 시 창작과 번역을 위주로 하는 문필 활동이다. 그 자신의 고백에 의하면 그는 대학에 입학하자마자 곧 학교 강의에 커다란 실망을 맛보았다고 한다. 도무지 흥미를 끌 만한 내용 있는 강의가 없었던 것이다. 그래서 그는 친구 이강과 함께 4년 내내 데모를 주동하는 것으로 일과를 삼았고, 시간이 날 때면 미국 문화원 같은 데 가서 소위 불온 서적들을 읽곤 했다. 그의 에세이집 《불씨 하나가 광야를 태우리라》(시와사회사, 1994, p. 122)에 보면 이런 대목이 있다."《들어라 양키들아》란 책을 손에 넣게 된 경위가 참 아이러니컬해요. 나는 고등학교 때부터 시내 책방이나 남의 집 서가에서 책을 도둑질하곤 했는데, 이 책은 광주 미 문화원에서 훔친 거였어요. 이상하지? 이런 책이 그런 곳에 있다니. 미국이란 나라는 참 엉뚱한 데가 있는 나라예요. 나는 또한 이 미국을 통해서 레닌을 알고 매니페스토(《공산당선언》)를 읽고 모택동을 읽고 게바라를 알고 했어요." 그러니까 그는 미 문화원에 있는 책을 통해 미국의 본질을 이해하고 점차 반미주의자가 되었던 셈이다. 그러다가 1972년 10월 소위 유신 헌법이 선포되자 역시 친구 이강과 함께 지하신문 〈함성〉을 제작 배포했고, 이듬해 봄에는 전국적인 반유신 투쟁을 전개하고자 지하신문 〈고발〉을 만들었다. 이 〈고발〉지 사건으로 그는 국가보안법 등 위반으로 구속되어 8개월간 감옥살이를 한다.

한편, 시에 대한 관심은 대학에 들어와서야 본격화한다. 어린 시절 글짓기 대회에 몇 번 나가본 적이 있기는 하지만 거친 내용 때문에 창피만 당했다고 한다. 그런데 어느 날 선배인 박석무(전 민주당 국회의원)의 하숙방에 놀러갔다가 그로부터 《창작과 비평》이란 문학 계간지를 소개받고 김수영의 시를 읽게 되었다. 이 무렵 김남주에게 특히 깊은 흥미를 불러일으키고 문학적 자극을 준 것은 그 잡지 1968년 여름호에 김수영 시인의 번역으로 소개된 파블로 네루다의 시였다.

앞서 에세이집(p. 25)에서 그는 이렇게 회상하고 있다. "나는 지금도 〈야아, 얼마나 밑이 빠진 토요일이냐!〉를 달달 외울 수 있고 또 도시의 밤길을 걸으면서, 불려간 어떤 집회장이나 강연장 같은 데서 외우고 다니는데, 아마 이는 내가 대학 다닐 당시에 처했던 사회정치적 상황과 사람 사는 꼬락서니들이 오늘의 그것들을 보아도 별로 변한 게 없기 때문이 아닐까 한다." 그러나 정작 김남주에게 '이런 게 시라면 나도 쓰겠는데……' 하는 의욕을 불러일으킨 것은 《창작과 비평》 1970년 여름호에 실린 김준태의 〈보리밥〉 같은 작품이었다. 농민 생활의 구체적인 모습과 정서를 노래한 김준태의 시에서 김남주는 고향 사투리를 들을 때와 같은 본능적인 친근감을 느꼈던 것이다.

이런 점들로 미루어본다면 김남주의 문학적 체질 속에는 서로 상반된 두 가지 지향이 병존하고 있었던 것 같다. 즉 김수영이나 네루다처럼 도시적이고 현대적인 지적 취향(그 자신의 말대로 "나의 출생과 성장의 배경과 감성과는 사뭇 다른 그런 시들")이 지닌 매력이 그 하나이고, 김준태처럼 "궁색하게 사는 농민들의 생활의 냄새가 물씬물씬 풍겨"(앞의 책, p. 23)나는 시들이 주는 재미와 감동이 다른 하나였다.

어떻든 출옥 후 학교에서 제적된 김남주는 1974년부터 5년여 동안 고향과 광주를 오가면서 농민 문제에 관심을 갖고 '해남농민회'를 만들기도 하고 카프카 서점을 중심으로 문화 운동을 벌이기도 하는 한편, 〈잿더미〉〈진혼가〉 등의 작품을 《창비》에 투고하여 그 자신이 시인으로 문단에 등장했다. 그 무렵 《창비》의 편집 실무를 책임지던 나는 그의 시 원고를 읽고 대뜸 여기 대단히 무서운 시인 한 사람이 나타났구나 하는 것을 직감할 수 있었다. 내 생각에 시 〈잿더미〉는 김남주 문학의 때 묻지 않은 원형이고 그의 창조성의 뿌리이며 그의 상상력과 언어적 능력의 살아 있는 기초이다. 물론 이 작품에는 1980년대 이후 김남주 문학을 전일적으로 관통하는 완강한 계급적 관점과 민족 해방적 시각이 아직 결여되어 있다. 그런 점에서는 매우 '순수한' 또는 '소박한' 작품이라고도 말할 수 있다. 그러나 여기에는 어떤 이념이나 행동을 진정한 것으로 믿게 하고 또 그것을 믿고 나가게 만드는 좀 더 근본적인 인간적 동력으로서의 혁명적 열정에 해당하는 강렬함이 파도처럼 물결치고 있으며, 그리고 우리 독자들로 하여금 그렇게 실감하지 않을 수 없도록 만드는 설득의 힘, 즉 언어적 능력이 시의 형식으로 강력하게 형상화되어 있다.

이 지점부터 나는 늘 김남주에 대해 얼마간 갈등을 느낀다. 분명히 말하거니와 나는 그의 '주장' 자체에는 동조하기 어렵다. 그의 선명한 계급적 이분법, 그의 불타는 적개심, 그의 상황 판단,

그리고 그의 철저한 행동주의에 대해 나는 어떤 머뭇거림을
느끼지 않을 수 없다. 김남주의 사고에 결정적 각인을 남긴 레닌에
대해서만 하더라도 나는 레닌의 탁월한 이론과 단호한 실천력에
경탄을 금치 못하는 바이지만 동시에 그의 역사적 유산으로서의
소련이 결국 엄청난 치부를 드러내고 와해된 데에 레닌 자신의
책임도 없지 않다고 생각한다. 무엇보다도 나는 김남주의 북한관에
찬성할 수 없다. 북한이 주장하는 '우리식 사회주의'와 김일성의
주체 사상이 진정으로 사회주의인가에 대해 나는 의문을 가지는
것이다. 그러나 그럼에도 불구하고 나는 김남주가 자신의 '주장'을
순결하지 그지없는 마음으로 한곳에 치열하게 집중시키고 있음을
의심 없이 믿는다. 이 시종일관한 열정과 극진한 헌신성, 이
비타협적 혁명 정신과 불퇴전의 반항성이야말로 김남주 고유의
것으로서, 그의 문학에 진정한 힘과 생동성을 부여하고 또
1980년대 민족 민주 운동 속에서 그를 핵심적 자리에 위치시킨다.

  어떻든 1970년대 중반 무렵 그는 띄엄띄엄 시를 발표하면서
마치 마른 솜이 물을 빨아들이듯 사상 학습에 몰두했다. 앞서
인용했듯이 그는 미 문화원에서도 마르크스와 레닌의 책들을 접할
수 있었지만, 친구 이강이 데모를 주동한 탓에 강제 징집되어
배속된 미군 부대(카투사)에서 보내준 영어책을 통해서도 새로운
관점과 지식을 얻을 수 있었다.

  이런 책들(이강이 보내준 영어책들)은 세계 역사와 현실의
인간관계에 대한 과학적 인식이 전무했던 나에게 새로이 눈을
뜨게 했고, 미국을 비롯한 제국주의 국가들의 세계 전략과 그들이

내세우는 자유·평등·박애의 정체를 제3세계 인민의 입장에서
파악하는 데 도움을 주었다. 뿐만 아니라 그 책들 속에는 시도
가끔 인용되어 있었는데, 이들 시는 훗날 나로 하여금 전투적이고
계급적인 구도로 현실의 인간을 시로 쓰는데 적잖은 영향을
끼치기까지 했다.(앞의 책, p. 21)

   그 무렵 그는 대학생들과 함께《파리 코뮌》이란 책을 탐독하다가
중앙정보부의 급습으로 피신하여 수배받는 몸이 되었고 서울로
올라와 '남민전'에 가입한다. 1978년 3월이었다. 체르니솁스키의
《무엇을 할 것인가》,《레닌의 생애》, 스위지·휴버만 공저인《쿠바
혁명사》등의 책을 읽고 "혁명적 조직 없이는 혁명의 성공은
없다"는 명제를 깨달았기 때문에 그 조직에 가입했다고 그는
후일 술회하고 있다.(앞의 책, p. 122) 어떻든 그는 1년 남짓 도피
생활을 하는 동안 조직 활동 이외에 주로 번역 작업에 전념했다.
프란츠 파농의《자기의 땅에서 유배당한 자들》을 출간했고
하이네·브레히트·네루다의 시들을 번역해 친구에게 맡겼다.
그 번역이 얼마나 곤핍한 역경 속에서 이루어졌는지를 증언하는
김남주 자신의 감동적인 글을 읽어보자.

      그래서 나는 그동안, 꼭 1년 동안 형편 닿는 대로 시도
      써보기도 하고 내가 좋아하는 시인의 시도 번역해보았네. 여기
      자네에게 보내는 것들이 바로 그것들인데 나는 이 시들을
      싸구려 여인숙의 이불을 뒤집어쓰고 번역하기도 했고, 어떤
      것은 처음 안내된 집의 다락방에서, 어떤 것은 폐결핵 환자들의

요양소에서 어떤 것은 두메산골의 굴속 같은 암자에서, 어떤 것은 갓 결혼한 신혼부부 방의 곁방에서, 어떤 것은 산동네의 수돗물도 없고 변소도 없고 부엌도 없고 마루도 없는 젊은 노동자의 자취방에서 쓰기도 하고 번역하기도 했네.

이 편지투의 글 뒤에는 1979. 3. 20이라는 날짜가 적혀 있는데, 그러니까 도피 생활 꼭 1년째인 셈이다. 이 번역 시들은 그로부터 거의 10년 가까이 지난 1988년에 《아침저녁으로 읽기 위하여》란 제목으로 간행되었다. 지금 이 시집에 실리는 시들의 대부분이 실은 이때 번역된 것이다. (여기까지 쓰고 나서 나는 혹시나 하고 부인 박광숙 여사에게 전화로 물어보았다. 그런데 뜻밖에도 전혀 엉뚱한 대답을 듣게 되었다. 시 번역 작업은 1987년경 감옥에서 한 것인데, 도와준 사람들에게 피해가 가지 않도록 하기 위해 오래전에 했던 것처럼 꾸며서 서문을 썼다는 것이다. 그러나 나는 '감동적인 편지'의 인용을 지울까 하다가 그냥 살려두기로 했다.)

알려진 바와 같이 김남주는 1979년 10월 초순 남민전 준비위원회 조직원의 한 사람으로 체포되어 기소되고 1년이 넘는 재판 끝에 15년 실형이 확정되었다. 그리고 9년 3개월 가까운 옥중 생활을 하고서 1988년 12월 21일 전두환의 5공 정권 1년 전에 들어갔다가 1년 후에 나온 셈이다. 그 감옥은 그에게 무엇이었던가. '시베리아', '냉동실', '납골당'이란 별명으로 불리는 0.75평의 독방에서 그는 '자신을 투쟁의 도구로 생각'하고 '건강을 해치는 것을 하나의 이적 행위'로 여겨 체력 단련에 힘쓰는 한편 사상 단련을 위해 시를 썼다.

한 인터뷰에서 그는 이렇게 말하고 있다. "광주 이감 후에 주로 많은 시를 쓰게 되었지요. 보통은 외고 있다가 면회 온 외부 인사나 가족, 출감하는 학생과 민주 인사들에게 구술해서 전해주거나 아니면 우유갑을 해체했을 때 나오는 은박지에다가 못으로 썼습니다. 은박지만을 얇게 떼어내서 부피를 최소화한 다음 뺑끼통(변기) 안에다 감추는 등 며칠 만에 한 번씩 들어 닥치는 검방 때 들키지 않게 애를 썼지요."(앞의 책, p. 237)

요컨대 감옥이라는 최악의 조건 속에서도 그는 불꽃같은 투혼으로 더욱 가열차게 자신을 지켜나갔던 것이다. 두 권의 두툼한 옥중 시집《저 창살에 햇살이》는 혹독한 신체적 조건에 대한 한 인간 정신의 장엄한 투쟁과 위대한 승리의 기록이다.

이제 그의 번역 시에 대해 언급할 차례가 되었다. 감옥에 있는 동안 어느 잡지의 기사에 자신이 '생득적으로' 미국을 싫어했다고 적혀 있는 것을 읽고 김남주는 그렇지 않다고 부인하면서, 중고등학교 때에 영어를 무척 잘했고 영어책을 통해서 미국의 본질을 간파하게 되었다고 술회한 바 있다.(앞의 책 p. 122) 일찍이 외국어는 그에게 있어서 새로운 세계와 새로운 사상으로 통하는 창문이었던 것이다. 이 문제에 관해서는 누구보다 김남주 자신이 잘 설명하고 있다. 나는 1988년 5월 23일자로 된 그의 옥중 편지를 받은 적이 있다. 누런 마분지에 깨알 같은 글씨로 적은 것인데, 상당히 길지만 일부를 여기 그대로 인용해 본다.

밖에서는 제가 여섯 개 외국어를 한다는 소문이 있는가
봅니다. 엉터리입니다. 그따위 소문의 진원지가 어딘지

해설

모르겠습니다. 혹시나 고은 선생님의 그 특유하신 과장법에서
나온 것이 아닌가 생각도 해봅니다만, 아무튼 사실 아닌 것이
떠도는 데는 유쾌한 것은 아닙니다. 제가 이곳에 와서 한
외국어는 스페인어 하나밖에 없습니다. 그것도 밖에서 후배가
스페인어 교과서와 사전을 넣어주어서이고 그 실력 또한 초보
단계에 머물고 있습니다. 영어와 일어와 독어는 제가 밖에
있을 때 한 것이고요. 기왕 외국어 얘기가 나왔으니까 하는
말씀입니다만 저는 외국어를 통하여 세상에 눈을 떴습니다.
무슨 말씀인고 하니, 외국어로 된 서적을 읽고 세계를 바르게
인식했다는 것입니다. 1980년대 들어와서야 용기 있고
전투적인 청년 학생들에 의해서 이런저런 사회과학 서적이며
문학 서적이 번역되고 있으니까 외국어의 필요성이 그리
절박한 것은 아닐지 모르지만, 70년대까지만 해도 우리 국어만
가지고는 역사와 세계를 바르게 알 수 없었다는 것은 누구나
인정할 것입니다. 학문과 사상의 자유가 철저하게 봉쇄되고
있는 나라에서 외국어는 나라 안팎의 사정을 아는 데 있어서
절실하게 요구되는 매개물이 아닌가 합니다.

   방금 저는 외국어를 통해서 세계를 바르게 인식했다고
말씀드렸습니다만, 그 바른 인식의 내용은 구체적으로
말씀드려서 인간관계와 사물과의 관계를 유물변증법적으로,
계급적인 관점으로 보게 되었다는 것입니다. 문학의 방면에서
특히 저는 그러했습니다. 하이네, 아라공, 브레히트,
마야콥스키, 네루다(주로 이들의 작품을 일어와 영어로 읽었지만)의
시 작품을 통해서 저는 소위 시법이라는 것을 배웠습니다.

그것은 현실을 물질적인 관점에서 그것도 계급적인 관점에서 묘사하는 것이었습니다. 저는 그들의 작품을 읽으면서 다음과 같은 생각을 가지게 되었습니다. "문학의 생명은 감동에 있다. 그런데 그 감동은 어디서 오는가? 그것은 진실에서 온다. 진실은 그러면 어디서 오는가? 적어도 계급 사회에서 그것은 계급적인 관점에서 인간과 사물을 읽었을 때이다"라고 말입니다. 문학의 예술성이 언어에 힘입은 바 절대하다 할 정도는 아니라도 대단하기는 하지만 그 언어 자체도 계급적인 각인이 찍혀 있는 것입니다. 그래서 저는 문학의 예술성에도 위의 제 생각이 일차적으로 적용되어서는 안 되는가 하고 생각합니다.

그리고 또 저는 외국어를 배우면서 우리의 현실을 잘 이해하게 되었고 이해된 현실을 잘 묘사할 수 있게 되었습니다. 여기서 잘 이해하고 잘 묘사할 수 있었다는 것은 바르게 이해하고 바르게 묘사했다는 뜻입니다. 선생님, 마르크스는 〈루이 보나파르트 브뤼메르 18일〉에서 이런 말을 했습니다. "새로운 언어를 배우기 시작한 초보자는 항상 외국어를 일단 모국어로 번역하지만, 그가 새로운 언어의 정신에 동화되고 그래서 그 언어로 자신을 자유롭게 표현할 수 있게 되는 것은 새 언어를 사용하는 데 모국어를 떠올림이 없이 그 언어 속에서 나름대로의 길을 찾고 새로운 언어 사용에서 자신의 모국어를 망각하는 경우일 뿐이다." 저는 하이네, 브레히트, 마야콥스키, 네루다, 아라공 그 외 러시아 고전 시인들의 작품을 번역하면서 마르크스의 말이 진실임을

확인했습니다. 제가 시에서 제 나름대로의 길을 찾게 된 것은
순전히 이들 시인들의 작품을 읽고 번역한 덕분이 아닌가
싶습니다.

　위의 인용은 편지의 거의 절반에 해당하는 분량인데, 더 설명을
보탤 필요가 없을 만큼 분명하고 소상하게 외국어 학습과 외국
시 번역이 자신의 사상 형성과 시 창작에 끼친 결정적 영향을
토로하고 있다. 생각해보면 당연한 노릇이지만 김남주는 외국
문학 연구자도 아니고 전업적인 번역가도 아니다. 혁명을
이데올로기적으로 준비하기 위한 수단으로 시를 썼을 뿐이며
시는 혁명 운동의 부산물일 따름이라는 그의 거듭되는 언명을
잠시 승인한다고 할 때 외국 시의 번역도 그에 있어서는 다만
이데올로기적인 활동의 일부였던 것이다.

　한 평도 안 되는 감방에 앉아서 하이네와 브레히트와 네루다의
시를 번역하고 있는 한 인간을 상상해보라! 그것은 어떤 점에서
기괴한 풍경이고 다른 점에서는 숭고한 장면이다. 독일어나
스페인어 원전을 손에 들고 있는 것도 아니고 미심쩍은 곳을
밝혀주는 참고 서적이 곁에 있을 리 없으며 그나마 번역 원고를
들키면 빼앗길지 모르고 도대체 펜과 종이조차 제대로 주어져
있지 않은 상황에서 그는 온 정신을 집중하여 온 신경을 곤두세운
채 하이네를, 브레히트를, 네루다를 번역하고 있는 것이다. 아마
이것은 세계 번역사에 남을 참혹하게 위대한, 최악의 고통에서만
솟아오를 수 있는 영광의 한 페이지일 것이다.

　앞에 길게 인용한 편지에서 김남주는 자기 나름의 시의 길을

찾게 된 것이 하이네, 브레히트, 네루다 같은 시인들의 작품을 읽고 번역한 덕분일 것이라고 인정했다. 내 생각에 이것은 상당 부분 진실이며 앞으로 김남주의 문학을 연구하려는 사람들은 이 점에 특히 유의해야 할 것이라고 나는 믿는다.

김남주의 시에서 내용적·사상적 측면 못지않게, 어쩌면 그보다 더 예리하게 주목해야 할 것이 그의 시의 언어적 호흡, 반복과 비유, 단검으로 찌를 듯이 육박하는 직선적 묘사와 그러면서도 다시 물러서 새롭게 물결을 일으키며 파동 치듯 핵심에 다가서는 시의 진행 방식, 절묘한 행과 연의 구분, 정치와 도치, 점강법과 점증법 등등이다. 이런 시의 기법의 상당 부분을 그는 치열한 번역 과정 즉 외국어와의 침통한 투쟁 속에서 체득한 것이다.

이와 더불어 지적될 사실은 그가 바로 감옥 안에서 시를 썼다는 점이다. "감옥이란 특수 상황 속에서는 어떤 시상을 머릿속에서 잘 굴리고 있다가 담당이 없고 불이 켜 있는 밤을 이용해서 번개같이 적어둘 수밖에 없었어요. 그러니까 나중에 다듬고 고칠 수도 없고, 대개는 초고일 수밖에 없습니다."(앞의 책, p. 239) 또 속으로 외우고 있다가 면회 온 사람이나 출옥하는 사람에게 구술했다는 점이다. 따라서 그의 시는 복잡하고 까다로운 비유나 시각적 이미지에 의존할 수 없고 압축적이고 단순간명하며 청각에 호소하는 언어적 특성을 띨 수밖에 없었다. 군중 앞에서 낭송될 때 그의 시가 폭발적인 감응력을 발휘할 수 있었던 것은 이런 사정과도 관련되어 있을 것이다.

그는 옥중에서 장차 아내가 될 여자에게 이렇게 말한 바 있다. "한마디로 말해서 민족해방과 민주주의 투쟁에 시인 자신이 몸소 뛰어들어야 합니다. 달리 방법이 없습니다. 한 시인이 이들 투쟁과 운동에 깊게 참가하면 할수록, 폭넓게 참가하면 할수록 그가 쓰는 시와 그가 부르는 노래는 그만큼 폭이 넓을 것이고 깊이가 있을 것입니다."(앞의 책, p. 88) 다시 말해 그에게는 투쟁의 길과 시의 길이 결코 둘 아닌 하나였다. 이 무서운 실험 즉 이상과 현실의 일치, 삶과 언어의 일치 또는 행동과 시의 일치를 극한적으로 실천한 우리 시대의 유일한 인물이 바로 김남주인 것이다.

따라서 우리는 그의 이념에 대해, 그것의 현실성에 관해 이런저런 이의를 제기하는 것이 원천적으로 무용함을 느낀다. 그는 그런 데서 멀리 벗어나 있으므로, 그는 생각건대 이 부패와 타락의 시대가 낳은 희귀하게 순수한 인간이었으므로, 그런 면에서 그는 스스로 유물론자이고 사회 현실의 물질적 관계가 인간 의식을 결정한다고 거듭 천명했음에도 불구하고 탁월한 의미에서 정신적 존재였다. 그의 행동(문필적 행동까지를 포함해)을 결정한 것은 오직 그것이 마땅히 해야 할 일이냐 아니냐일 뿐이었으며, 현실적 가능성에 대해 이리저리 숙고하는 것은 투쟁의 회피였다.

짐작컨대 김남주가 자신의 삶의 모범으로 생각했던 인물은 체르니셉스키의 소설 《무엇을 할 것인가》에 나오는 '특별한 인간' 라흐메토프였는지 모른다. 이 소설을 읽고 쓴 글(앞의 책, p.165~185)에서 그는 혁명을 위해 조금의 시간 낭비도 허용치 않고 철두철미하게 모든 것을 일에 바쳤던 엄격주의자 라흐메토프에 관해 자세히 묘사하고 있는데, 그것은 아마 김남주 자신이 되고 싶었던 인간의 모형일 것이다.

그러나 이제 1990년대로 접어들면서 레닌이 건설한 국가

소련이 해체되고 공산당이 불법화되었으며 소련을 비롯한 현실
사회주의 국가들의 내적 타락이 백일하에 드러났다. 반동 세력에
대한 프롤레타리아 계급의 독재를 통해 무계급 사회로 가는
대신 프롤레타리아 계급과 전체 인민에 대한 당 관료의 독재를
통해 억압과 정체(停滯)의 사회로 갔음이 현실 속에서 입증되고
말았다. 그것은 아름 아닌 사회주의 이상의 배반이었고 혁명의
질곡화였다. 다시 말해 참된 혁명의 프로그램은 이제 전면적으로
새로 구상되어야 했다. 이 시점에서 김남주는 그의 정신력으로써도
극복하지 못할 육체적 타격을 받고 쓰러진 것이다.

그러나 그의 헌신적인 활동, 순결한 삶 불꽃같은 언어는 여전히
힘차게 살아 있다. 어떠한 타협주의·기회주의도 용납지 않았던
완강함, 조국과 민중을 향한 사무치는 애정, 그러면서도 순박하고
겸허했던 그의 인품, 무엇보다도 그의 절정에 이른 노래들은
이상적 사회를 지향하는 모든 세대의 사람들에게 영감을 일으키고
힘과 용기를 주는 꺼지지 않는 불길로 영원히 타오를 것이다.
그런 점에서 김남주의 이름은 이미 그의 시의 선배들인 하이네,
브레히트, 마야콥스키, 네루다의 반열에 올라있다.

염무웅(문학평론가)

진실과 순결을 노래한 시인들

그이는 '민족 시인'이라고 흔히 불리는 것과는 어울리지 않게 외국어로 혼자 지껄이기를 잘했습니다. 저는 알아먹지도 못할 스페인어로 지껄이고는 그게 사랑의 고백이라고 놀려먹는다거나 외국어를 신음같이 토해내는 것을 곧잘 하곤 했습니다.

　미국을 미워하고 반제를 외치는 김남주가 영어를 다 하다니! 하고 사람들은 곧잘 의아해 하곤 했지만 그는 적을 알기 위해서는 그들의 언어를 알아야 한다고 늘 강변하고는 했습니다. 미국을 알기 위해서 영어책을 읽었고, 네루다를 읽기 위해서 스페인어를 배웠다고 했습니다.

　애초에 그는 하이네, 브레히트, 네루다를 해방 시집 1로, 2는 러시아편, 3은 제3세계편으로 계획하고 있었고, 출옥 후에는 늘

제1권의 후속 작업을 머릿속에 구상하고 있었습니다. 그러나 그는 그의 계획을 실천에 옮기지 못하고 말았고 흔히 말하듯 '해방'이라는 단어조차 무색하게 세계가 자본주의라는 공동의 발굽에 '평정'되는 광경을 목격하며 그는 이승에서의 삶에서 '해방'되고 말았습니다.

그는 옥중에서 발간한 해방 시집 1권에서

글은 어떤 사람에게는 화를 돋우지만 어떤 사람에게는 흥을 돋우게 한다네. 어떤 사람에게는 쓰지만 약이 되고 어떤 사람에게는 달지만 병을 주기도 한다네. 모르면 몰라도 아마 내가 좋아서 번역한 시나 내가 쓴 시는 세상을 거꾸로 살고 있고 그렇게 살려고 하는 사람에게는 조금은 쓸모가 있는 약이 될지도 모르지.

하고 서문에 썼습니다. 7년 전에 썼던 이 말이 지금에도 유효한지는 잘 모르겠습니다.(사족을 달자면 1988년에 간행된 번역 시집의 서문은 연필도 종이도, 책도 제대로 주어지지 않는 감옥 실정상 어쩔 수 없이 본의 아니게 거짓을 보태어 쓴 글로 실은 번역 작업은 1987~1988년 중에 이뤄진 것입니다.)

'전망'과 '대안'이 없는 시대라고 하지만 이 뒤엉키고 헝클어진 사회에서 진실과 순결을 노래한 시인들의 시들이 어느 날엔가, 그 언제인가는 천상의 선약이 되어 이지러진 세상을 치유하게 될 날이 오지 않을까요.

상업주의가 만연한 이 세상에 선뜻 그이의 1주기에 맞추어

그이가 남긴 번역 시 전부를 모아서 두 권으로 엮어준 출판사와
편집부 여러분께 진심으로 감사드립니다.

김남주 시인 타계 1주기에 부쳐

박광숙

김남주 연보

1945년 (1세) 10월 16일 전남 해남군 삼산면 봉학리 535번지(봉학길 98)에서 아버지 김봉수, 어머니 문일님 사이에 3남(남식, 남주, 덕종) 3녀(남심, 유순, 숙자) 중 둘째아들(셋째)로 태어나다(호적상 생년월일은 1946년 10월 16일).

1960년 (15세) 삼화국민학교 졸업하다.

1963년 (18세) 2월 15일 해남중학교 졸업하다. 해남중 때부터 이강과 교유하다.

1964년 (19세) 1년 동안 재수하여 광주제일고등학교 입학하다. 특별 활동 부서로 영어 회화반에 들어가 양호한 활동을 보이다. 생활기록부에는 1학년 상황만 기재되어 있으나 이강의 증언에 따르면 이듬해인 2학년 9~10일경에 획일적인 입시 위주의 교육에 반대하며 자퇴하다.

1966년 (21세) 10월 대입 검정고시에 합격하다. 이후 해남에서 머물다.

1969년 (24세) 3월 6일 전남대학교 문리과대학 영어영문과에

입학하다. 3선 개헌 반대 운동과 교련 반대 운동에
주도적으로 참여, 반독재 민주화 운동에 앞장서다.

1972년 (27세) 10월 17일 박정희 정권이 유신 헌법을 선포한 것을
고향의 집에서 라디오 방송을 통해 듣다. 광주로 올라와
죽마지우인 전남대 법대생 이강을 만나 10월 유신에
반대하는 행동에 나서자고 결의하다. 투쟁의 결의를
다지고자 이강과 함께 전봉준 장군의 생가(전북 정읍군 이평면
조소리), 동학 농민군의 집결지인 백산(전북 부안)과 동학
농민군의 최초 전승지로 동학 혁명 기념탑이 있는 황토현 등
갑오 농민 전쟁의 전적지를 거쳐 마이산(전북 진안군)에 들어가
천지신명에게 민족의 염원을 빌고 광주로 돌아오다. 여순
항쟁이 발생한 여수와 순천, 한국 전쟁 당시 격전지인 인천
월미도 등도 돌아보고 오다. 1929년 광주 학생 항일 운동
당시의 지하신문과 러시아 혁명기의 지하신문에 대한 연구를
한 뒤 비록 규모는 작지만 목소리가 거족적으로 울려 퍼져야
한다는 의미로 《함성》이라는 제호를 붙이다. 책을 팔고
이강의 전세금을 사글세로 전환하고 친하게 지내던 두 명의
여대생(이경순·강희순)으로부터 용돈과 졸업 기념 금반지의
도움을 받아 마련한 자금으로 줄판(일본말로 가리방) 등 용품을
구입하여 유인물 제작에 들어가다. 한국민권협의회라는
이름으로 전국 최초의 반유신 투쟁 지하신문(유인물)인 《함성》
500매를 제작해 12월 9일 전남대, 광주 시내 5개 고교(광주고,
광주일고, 광주공고, 광주여고, 전남여고)에 400매를 살포한다.
중앙정보부와 경찰의 수사가 시작되자 서울로 피신해 이강의
6촌 동생인 이개석의 자취방에서 머물다.

김남주 연보

1973년 (28세) 2월 반유신 투쟁을 전국적으로 확산하기 위해
이강과 다시 모의하다. 지하신문(유인물)의 전국적 확산을
위해 제호를 《고발》로 바꾸다. 《함성》의 여분 100매와
새로 제작한 《고발》 500매를 이강이 이불 속에 숨겨
서울의 김남주에게 수하물로 탁송하다. 이때 수하물과
별도로 "각 학교에 배포하기 바란다"라고 쓴 이강의
편지가 중앙정보부의 검열에 발각되어 본격적인 수사가
개시되다. 3월 21일부터 김남주·이강을 비롯한 전남대생
이평의·김정길·김용래·윤영훈·이정호 등과 서울대생
이개석, 석산고 교사 박석무, 김남주의 동생 김덕종, 이강의
동생 이황 등 15명이 광주경찰서 대공분실과 중앙정보부
광주 지부로 연행되다. 5월 4일 김남주 등 9명이 국가보안법
및 반공법 위반 혐의로 구속, 기소되다. 유신 체제 선포
이후 광주에서 발생한 최대 규모의 시국 사건을 맞아
홍남순·이기홍·윤철하·권신욱 변호사가 공동 변호인으로
활동하다. 7월 18일 전남대에서 제적되다. 9월 25일 광주지법
재판부는 반공법 위반 혐의에 대해서는 무죄를 선고하고,
국가보안법 위반 혐의를 적용하여 김남주·박석무에게 징역
2년형을, 이강에게 징역 3년형을 선고하고, 그 밖의 관련자는
집행 유예로 석방하다. 12월 20일 전남대생 1,032명이
박석무·이강·김남주의 석방을 요구하는 탄원서를
국무총리에게 제출하다. 12월 28일 항소심 판결이 내려져
박석무는 무죄를 선고받고, 김남주와 이강은 징역 2년에
집행유예 3년을 선고받다. 검찰의 상고 대상자여서 석방되지
않다가 12월 28일 1인당 공탁금 3만원을 납부하고 수감된 지
9개월 만에 광주교도소에서 석방되다.

1974년 (29세) 해남으로 낙향하여 농사일을 거드는 한편 중앙정보부에서 겪은 가혹한 고문 체험과 농민들의 생활상을 시로 쓰는 데 전념하다. 《창작과비평》 여름호에 〈진혼가〉 〈잿더미〉 등 8편의 시를 발표하다. 염무웅 주간으로부터 "뚜렷한 방향 감각과 확고한 역량을 갖추고 있어 앞으로의 활동이 크게 기대된다"(편집 후기)는 평을 받다. 김덕종 동생의 회고에 따르면 1만 5천 원 정도의 원고료가 든 전신환을 우체국 가서 현금으로 바꿔 술과 약간의 안주를 마련해 아버지를 대접한다. 11월 18일 서울에서 결성된 자유실천문인협의회(자실)의 창립 회원이 되다.

1975년 (30세) 이강과 함께 광주 유일의 운동 단체로 결성된 전남민주회복구속자가족협의회의 창립에 관여하다. 11월경부터 광주 시내 궁동 광주 MBC 인근에서 새로운 사상을 널리 보급하고 최소한의 생계를 유지하기 위해 사회과학 전문 서점인 '카프카'를 운영하다. 이후 '카프카'는 광주 지역 운동권의 구심체이자 문단의 사랑방 역할을 하다. 문병란 · 송기숙 · 김준태 · 양성우 · 송기원 · 윤재걸 시인 등과 친교를 맺고, 후배인 황지우와 뒷날 〈5월시〉 동인으로 활동한 박몽구 · 이영진 · 나종영 · 나해철 등이 이곳에서 문학적 세계를 받다. 1년 만에 서점의 운영이 어려워져 문을 닫고 광주 봉림동의 봉심정(전남대 후배인 김정길의 집)에서 칩거하다. 한 달 동안 머무르다가 해남으로 귀향하다.

1977년 (32세) 농사일을 하면서 정광훈 · 홍영표 · 윤기현 · 박경하 · 전광식 등 농민들과 《한국일보》에 〈장길산〉을 연재하던 황석영, 광주 YMCA의 최우열 목사 등과 '사랑방 농민학교'

운동을 시작하다. 11월 하순경 해남군 기독교 농민회와
해남 YMCA 농어촌 분과위와 함께 지역 문화 운동의
일환으로 제1회 해남 농민 잔치를 서림 공원 단군전 광장에서
개최하다. 행사장에서 시 작품 〈황토현에 부치는 노래〉를
낭독하다. 이 행사를 기반으로 한국기독교농민회의 모체가
되는 '해남농민회'를 결성하다. 광주로 다시 돌아와 12월경
황석영·최권행의 주축으로 개설된 '민중문화연구소'의
초대 회장을 맡다. '자실'의 대표 간사인 고은 시인과
백범사상연구소의 백기완 소장을 초청하여 민중문화연구소
개설 기념 강연회를 열다.

1978년 (33세) 이강의 집에서 생활하다. 민중문화연구소 활동의
일환으로 김상윤이 운영하는 '녹두 서점'에서 전남대
후배들(노준현·박현옥·안길정 등)에게 일어판《파리
코뮌》을 강독한 것이 문제가 되어 2월 중앙정보부의
피습을 받고 수배령이 내려지다. 프란츠 파농의《세계를
뒤덮은 10일간》《스페인 대란》등 사과 궤짝 한 상자
가량이나 되는 번역 원고와 시 작품을 빼앗기다.
윤한봉의 소개로 전남 무안군 삼향면 나환자촌 의사로
있는 여성의 도움을 받아 가명으로 피신하다. 4월
24일 서울 성공회 대강당에서 자유실천문인협의회와
백범사상연구소의 공동 주최로 열린 '민족문학의 밤'
행사장에서 전남민주회복구속자가족협의회에서 알게
된 박석률과 상면하다. 그를 통해 '남조선민족해방전선
준비위원회'(남민전)의 가입을 두 차례에 걸쳐 권유받다.
8월 15일 프랑스로부터 알제리의 해방을 위해 투쟁한
프란츠 파농의 저서《자기의 땅에서 유배당한 자들》(청사)을

번역해서 출간하다. 9월 4일 '한무성韓茂盛'이라는
조직명으로 '남민전'에 가입하다. 이 조직 산하의
민주화투쟁위원회(민투)에서 지하신문인《민중의 소리民聲》
편집자로 각종 유인물을 제작하거나 '땅벌 작전'을 수행하는 등
전위 조직의 일원으로 활약하다.

1979년 (34세) 2월 임헌영이 편역한 갓산 카나파니의《아랍 민중과
문학: 팔레스타나의 비극》(청사)에 다수의 작품을 번역해서
싣다. 4월 아버지가 별세하다. 10월 4일 '남민전' 사건의
총책인 이재문 등과 잠실의 아파트에서 체포되다. 내무부는
10월 9일 1차 발표를 시작으로 3차에 걸쳐 이 사건에 대한
수사를 발표하다. 11월 13일 3차 발표 때 "남민전은 민중
봉기로 국가 변란을 획책한 지하 조직이자, 북괴와 연결된
간첩단 사건"이라고 용공 조작하다. 남민전 사건으로 신향식·
안재구·임헌영·이재오·박석률·이학영·최석진·박광숙 등
80여 명이 체포되어 치안 본부 대공분실에서 60일 동안 가혹한
고문 수사를 받다.

1980년 (35세) 2월 4일 남민전 사건에 대한 첫 공판이 시작되어 5월
2일 1심이 선고되다. 9월 5일 항소심에서 이재문·신향식에게
사형, 안재구·박석률·최석진·임동규 등에게 무기 징역형이
선고되다. 김남주는 1, 2심에서 징역 15년형을 선고받고, 9월
10일 광주교도소로 이감되다. 12월 23일 대법원에서 징역
15년형이 확정되다. 1981년 11월 22일 이재문은 중앙정보부의
가혹한 고문 수사의 여파로 서울구치소에서 옥사하고, 1982년
10월 8일 신향식은 사형이 집행되다.

김남주 연보

1984년 (39세) 12월 10일 첫 시집 《진혼가》(청사)가 출간되다. 12월
19일 자유실천문인협의회(자실)가 서울 홍사단 강당에서
재창립되다. 이후 '자실'을 중심으로 김남주 석방 운동이
서울, 광주, 부산 등에서 전개되다. 12월 22일 자유실천문인
협의회 · 민중문화운동협의회 · 민중문화연구회 · 전남민주청
년운동협의회 공동 주최로 '옥중 시인 김남주 시집《진혼가》
출판기념회'가 광주 가톨릭센터 강당에서 개최되다.

1985년 (40세) 3월 15일 자유실천문인협의회 · 민주언론운동협의
회 · 민중문화운동협의회 · 민중문화연구회의 공동 명의로
서울에서 이태복 · 이광웅 · 김현장 등과 김남주 시인의 석방
촉구 성명서가 발표되다. 4월 27일 '김남주석방위원회'가
발기되다.

1986년 (41세) 독일 함부르크에서 개최된 국제 PEN대회에서 '김남주
시인 석방 결의문'이 채택되다. 9월 전주교도소로 이감되다.

1987년 (42세) 9월 17일 민족문학작가회의 창립총회에서 석방 촉구
성명서가 발표되다. 11월 15일 옥중시를 묶은 제2시집《나의
칼 나의 피》(인동)가 고은 · 양성우 엮음으로 출간되다. 시집
《농부의 밤》(일어판)이 일본에서 출간되다. 일본 PEN클럽
명예회원으로 추대되다.

1988년 (43세) 2월 1일 고은 등 문인 502명이 서명한 김남주 석방
촉구 탄원서가 법무부장관 등에 제출되다. 3월 8일 미국
PEN클럽이 김남주 시인을 명예회원으로 추대하다. 3월 25일
미국 PEN클럽의 수잔 손택 회장을 비롯해 PEN 클럽 국제

본부의 명의로 청와대에 김남주 석방 촉구 서신이 발송되다. 5월 4일 광주전남민족문학인협의회와 광주민중문화운동연합 공동 주최로 광주 가톨릭센터 강당에서 옥중 시인 김남주 석방 결의대회가 개최되다. 5월 10일 서울 여의도 여성백인회관에서 민족문학작가회의 주최로 '김남주 문학의 밤'이 개최되다. 이후 부산과 전주에서도 석방 촉구 문학의 밤이 개최되다. 8월 25일 옥중 시편을 묶은 제3시집 《조국은 하나다》(남풍)와 번역 시집 《아침저녁으로 읽기 위하여》(남풍)가 출간되다. 9월 1일 김남주 시인의 시 세계 등을 수록한 《김남주론》(광주)이 김준태·이강 등의 참여로 출간되다. 9월 1일 민족문학작가회의 주최로 국내외 문인들이 참석한 가운데 서울 여의도 여성백인회관에서 '88 서울민족문학제'를 개최하여 김남주 등 옥중 문인들의 석방을 촉구하다. 12월 21일 국내외의 지속적인 석방 운동에 힘입어 구속된 지 9년 3개월 만에 형 집행 정지 조치로 전주교도소에서 석방되다. 석방 직후 광주 망월동의 윤상원 열사 묘소 등 5·18 묘역을 참배하다.

1989년 (44세) 1월 29일 광주 문빈정사에서 지선 스님의 주례와 고은 시인의 축사, 이강 친구의 사회로 '남민전'의 동지이자 약혼자인 소설가 박광숙과 결혼식을 올리다. 4월 5일 옥중 서한집 《산이라면 넘어주고 강이라면 건너주고》(삼천리), 시선집 《사랑의 무기》(창작과비평사)를 출간하다. 4월 24일 혼인신고를 하다. 11월 25일 제4시집 《솔직히 말하자》(풀빛)를 출간하다.

1990년 (45세) 1월 12일 아들 토일 태어나다. 만국의 노동자가

금·토·일요일은 쉬기를 바라는 마음에서 이름을
'金土日'로 짓다. 5월 18일 광주 항쟁 10주기를 맞아 시선집
《학살》(한마당)을 출간하다. 한국민족예술인총연합(민예총)
주최로 광주 항쟁 10주년 기념 전국 순회 행사를 갖다.
민족문학작가회의 민족문학연구소장(1992년 12월까지)으로
활동하다. 한국문학학교(임헌영 대표)에서 박몽구 시인과 함께
시반 담임(1993년까지)을 맡아 강은숙, 강재순, 김선우, 김환,
박민규, 이윤하, 이재윤, 이태희, 조은덕, 조현설 등의 시인을
배출하다.

1991년 (46세) 3월 13일 흥사단 3층 강당에서 반전반핵
평화군축운동의 대중적 전개를 목적으로 창립된
반핵평화운동연합의 공동의장을 김현 원불교 총무와
함께 맡다. 4월 제9회 신동엽창작기금을 받다. 8월 10일
하이네의 정치 풍자 시집인《아타 트롤》(창작과비평사)을
번역해서 출간하다. 11월 15일 시 선집《함께 가자 우리 이
길을》(미래사), 11월 25일 제5시집《사상의 거처》(창작과비평사),
12월 25일 산문집《시와 혁명》(나루)을 출간하다.

1992년 (47세) 3월 25일 제6시집《이 좋은 세상에》(한길사)를
출간하다. 제6회 단재상 문학 부문을 수상하다. 10월 5일
옥중 시 전집《저 창살에 햇살이》1~2(창작과비평사)를
출간하다. 전국의 대학과 사회단체 등에 초청되어 왕성한
강연 활동을 하다.

1993년 (48세) 1월 사면 복권되다. 1월 16일 민족문학작가회의
상임이사, 한국민족예술인총연합(민예총) 이사로 선임되다.

5월 제3회 윤상원문화상 수상하다. 7월 24일 '시와사회사'가 주최한 여름 문학 학교에서 문학 강연을 하다. 생전의 마지막 강연이었다. 11월 15일 췌장암 말기 선고를 받고 투병 생활에 들어가다. 12월 15일 시집 《나의 칼 나의 피》(실천문학사) 및 《조국은 하나다》(실천문학사)를 개정판으로 출간하다. 12월 23일 여의도 여성백인회관 강당에서 시집 《나의 칼 나의 피》 및 《조국은 하나다》 재출간 기념과 쾌유를 기원하는 '김남주 문학의 밤'이 개최되다.

1994년 (49세) 2월 13일 새벽 2시 30분 서울 고려병원(서울특별시 종로구 평동 108-1번지. 현 강북삼성병원)에서 별세하다. 유족은 부인 박광숙 여사와 아들 토일(土日). 2월 15일 시집 《진혼가》(연구사)가 개정판으로 출간되다. 2월 16일(수) 오전 8시 '민족시인 고 김남주 선생 민주사회장' 영결식이 경기대 민주광장에서 거행되다. 오후 5시 전남대 5월광장에서 노제를 치른 뒤 광주 망월동 5·18묘역(구묘역)에 안장되다. 2월 19일 민예총은 김남주 시인에게 제4회 민족예술상을 수여하다. 4월 2일 불교인권위원회 · 실천불교승가회 · 선우도량 공동 주최로 '민족시인 김남주 선생 49재 천도법회'가 대각사에서 치러지다. 4월 20일 산문집 《불씨 하나가 광야를 태우리라》(시와 사회사), 5월 20일 김남주의 삶과 문학을 담은 《피여 꽃이여 이름이여》(시와사회사)가 출간되다.

1995년 2월 1일 유고시집 《나와 함께 모든 노래가 사라진다면》(창작과비평사)이 출간되다. 2월 6일 번역 시집 《은박지에 새긴 사랑》(푸른숲) 및 《아침저녁으로 읽기 위하여》(푸른숲)가 출간되다.

1997년 김남주기념사업준비위원회 주최로 3주기 추모제(5 · 18묘역)
및 '시인 김남주를 기리는 고향 그림전'(고향 유정)이 광주
송원백화점 갤러리에서 열린다.

1999년 1월 28일 김남주 시인의 아내이자 소설가인 박광숙이 남편에
대한 그리움과 강화에서의 삶을 그린 산문집《빈 들에 나무를
심다》(푸른숲)가 출간되다. 2월 3일《산이라면 넘어주고
강이라면 건너주고》가《편지》(이룸)로 재출간되다. 2월 18일
시 선집《옛 마을을 지나며》(문학동네)가 출간되다.

2000년 4월 김남주기념사업회에서《김남주 통신 1》을 발간하다.
김남주의 시 14편에 곡을 부친 안치환의 헌정 앨범인
〈Remamber〉가 발매되다. 5월 8일 김남주 시인
추모 6주기 기념 산문집《내가 만난 김남주》(이룸)가
황석영 외 21인의 참여로 출간되다. 5월 20일
민족시인김남주기념사업회 · 광주전남민족문학작가회의
공동 주최로 김남주의 대표시 〈노래〉를 새긴 김남주
시비詩碑(홍성담 설계 제작, 홍성민 글씨, 김희상 흉상)가 광주
비엔날레 공원에 건립되다. 11월 어머니가 별세하다.

2003년 광주광역시 북구 주최, 광주전남민족문학작가회의 후원으로
'민족 시인 김남주─그 문학과 삶'이 북구향토문화센터에서
전시되다. 해남군 주최, 민족시인김남주기념사업회 주관으로
해남군 문화예술관에서도 전시되다.

2004년 2월 서울 · 광주 · 해남에서 민족문학작가회와

민족시인김남주기념사업회 주최로 10주기 추모문화제 '이
두메는 날라와 더불어'가 개최되다. 2월 2일 강대석 지음으로
《김남주 평전》(한일미디어)이 출간되다. 5월 14일 시선집《꽃
속에 피가 흐른다》(창비)가 출간되다. 11월 24일~12월 8일
주화운동기념사업회·민족문학작가회의·한국민족예술인총연합
공동 주최로 10주기 추모 행사인 '김남주의 삶과 문학'(12월
3일) 심포지엄과 '시대의 벼리, 시인 김남주' 전展이
민주화운동기념사업회에서 개최되다.

2006년 3월 민주화 운동 관련자로 명예회복 및 보상심의위원회는
'남민전' 사건에 대해 유신체제의 권위주의적 통치에 항거한
민주화 운동으로 재평가하고, 관련자 29명을 민주화 운동
유공자로 인정하다. 5월 18일 강대석 지음으로《가난한
사람들을 사랑한 시인 김남주》(작은씨앗)가 출간되다.

2007년 5월 27일 민족시인김남주기념사업회 주최, 해남군·
광주전남작가회의 추원으로 긴남주 시인 생가 준공식이 열리다.

2010년 6월 8일 전남대학교가 개교 58주년을 맞아 김남주 시인에게
명예졸업장을 수여하다. 아울러 전남대 총동창회는 김남주
시인을 모교의 명예를 빛낸 동문으로 선정하여 '용봉인
명예대상'을 수여하다.

2012년 5월 24일 김남주 시인 헌정 시집《어디에 있는가, 나의 날개,
나의 노래는》(삶이보이는창)이 백무산 외 57명의 시인들 참여로
출간되다.

2014년 2월 12일 김남주 시인 20주기를 맞아 실천문학사 주최로

경향신문사 강당에서 심포지엄이, 2월 28일 한국작가회의의
주최로 연희문학창작촌에서 '김남주를 생각하는 밤'이
개최된다. 아울러 《김남주 시전집》(창비)과 《김남주 문학의
세계》(창비)가 출간된다. 9월 20일 김남주기념사업회 주최
및 한국작가회의 등의 후원으로 민족시인 김남주 20주기
추모문화제가 해남문화예술회관에서 개최되고, 추모
시집 《자유의 나무 한 그루》(문학들)가 출간된다. 9월 26일
광주전남작가회의 주최로 5 · 18기념문화센터 야외광장에서
김남주 시인 20주기 추모문화제가 개최된다. 10월 6일 《김남주
시전집》으로 제3회 파주북어워드 특별상을 수상하다. 12월
12일 김남주기념사업회는 김남주 시인의 생가 개방을 추진해
게스트하우스를 열다.

2015년 2월 13일 김남주 시인 21주기를 맞아 《김남주 산문
전집》(푸른사상)이 맹문재 엮음으로 출간된다.

2016년 1월 25일 김상웅 지음으로 《김남주 평전》(꽃자리)이 출간된다.

2018년 5월 8일 김남주 시인의 번역 시집 《아침저녁으로 읽기
위하여》가 특별판으로 재출간된다.

—— 1989년 봄 무렵의 김남주 시인

—— 1988년 12월 21일 전주교도소 출옥

──1991~1992년도경 어느 노동자 단체 강연회에서

──1992년 부인 박광숙과 아들 토일

—— 1994년 전남대 5월광장에서 거행된 노제

연보 ⓒ 맹문재 엮음, 《김남주 산문전집》, 푸른사상사, 2015
사진 ⓒ 박광숙

아침저녁으로 읽기 위하여

첫판   1쇄 펴낸날 1995년 2월 6일
개정판 8쇄 펴낸날 2024년 1월 17일

지은이 브레히트 · 아라공 · 마야콥스키 · 하이네
옮긴이 김남주
발행인 김혜경
편집인 김수진
편집기획 김교석 조한나 유승연 문해림 김유진 곽세라 전하연 박혜인 조정현
디자인 한승연 성윤정
경영지원국 안정숙
마케팅 문창운 백윤진 박희원
회계 임옥희 양여진 김주연

펴낸곳 (주)도서출판 푸른숲
출판등록 2003년 12월 17일 제2003-000032호
주소 서울특별시 마포구 토정로 35-1 2층, 우편번호 04083
전화 02)6392-7871, 2(마케팅부), 02)6392-7873(편집부)
팩스 02)6392-7875
홈페이지 www.prunsoop.co.kr
페이스북 www.facebook.com/prunsoop   **인스타그램** @prunsoop

ⓒ 박광숙, 2018
ISBN 979-11-5675-747-4 (03800)